59372083121635

D1791570

Rossana Campo

Mientras mi niña duerme

Traducción de
Laura Calvo Valdivieso

Colección **Mar Negro**

Diseño de cubierta e interior: Ediciones Barataria
Maquetación: Joan Edo
Ilustración de cubierta de Ada Ortega.

Título original: *Mentre la mia bella dorme*
© de la presente edición, 2007, Ediciones Barataria
Gran Via de les Corts Catalanes, 465
08015 Barcelona
e-mail: editorial@barataria-ediciones.com
www.barataria-ediciones.com

ISBN: 84-95764-54-7
Depósito legal: B- 4614 -2007

Impreso por Sagrafic
Plaza Urquinaona, 14
08010 Barcelona

Esta publicación no puede reproducirse sin la autorización expresa de Ediciones Barataria. La copia total o parcial tanto del texto como de las imágenes por medios informáticos, reprográficos, fotoquímicos, o por cualquier otro, quedará sujeta a las sanciones previstas por la ley.

1

Ya llegó el verano con sus vaharadas ardientes, pegajosas e irritantes; la rabia me ciega. Mejor dejarme en paz. Porque rabia es lo único que puedo sentir de momento. Me noto los ojos como encogidos y la cara agarrotada, así que más vale no dirigirme la palabra. Total, no creo que nadie de por aquí quiera hablarme.

Otra vaharada de fuego. Por la calle los coches circulan con cierta indolencia soltando guarrería. Todo eso, la verdad, no ayuda a calmarme. He salido con este bochorno para olvidar al capullo que me ha roto el corazón. En boxeo se dice que si no te dejas, nadie te puede tumbar. Por eso he decidido mantenerme firme y salir lo más posible.

Al hijoputa ese nunca le daré la satisfacción de verme tirada. Lo encajaré, y además tengo un montón de cosas que hacer. Hoy por ejemplo tengo el día libre y he matado todo el tiempo por ahí, he ido al mercado de la rue d'Aligre que me da buen rollo con todas esas lenguas que se cruzan y las caras de todo tipo y de todos los colores que se entremezclan. Hacia la una, cuando van a cerrar, llegan los colgados para rapiñar las verduras sobrantes. Es la clase de sitio que me va. Después me pasé por el Baron Rouge, un bareto que cae por allí, me zampé una délice de canard y me soplé un par de vasos de brouilly. Había viejos árabes que fumeteaban y pegaban la hebra, curdas de capa caída... justo el ambiente que me gusta.

Me he ido al cine donde daban una retrospectiva de Cassavetes. Escribió algo así como que todo el mundo debería tener una filosofía, que significa saber cómo amar y dónde meter ese amor, porque no lo podemos meter en cualquier sitio. Así que lo único que me interesa conocer es el amor. Lo decía Cassavetes, que por desgracia está muerto.

Cuando salí del cine estaba de buenas y al cabo de un rato ya tenía ganas de pegarme con alguien. Así que me fui a la peluquera y me decidí por un corte radical. Luego me pasé por el gimnasio para saludar a Jojo y a

Carmine que estaban allí solos porque con este calor a quién le apetece encerrarse en un cancha de boxeo. Lo malo es que tengo que estarme paradita una temporada. Lo único que puedo hacer es andar, porque la tía esa, Claire, me ha soltado: Oye, mira, intenta caminar por lo menos de una hora a hora y media al día.

Y una mierda. Con cuarenta grados a la sombra, la peste de los coches y toda la mandanga voy yo a andar una hora y media.

Eso tiene arreglo, me suelta ella, te vas a un parque, al Bois de Vincennes que además está cerca de tu casa, qué más quieres…

Le endilgué un vale, vale para finiquitar mientras rumiaba que una mierda me iba a ir todos los días a caminar como una gilipollas por el Bois de Vincennes. Ella me suelta: Estás pensando que no vas a ir, ¿verdad? Y yo: Oye, ¿tú eres ginecóloga o pitonisa? Y después le digo Pues no, es que tengo un problemilla con las parejitas que se morrean felices y con las jóvenes mamás ansiosas que empujan sus lindos cochecitos, ¿sabes…?

Bueno, tú también vas a ser pronto una joven mamá, ¿no?, me suelta la muy cabrona.

¿Quién, yo?, le pregunto para ver si se despiporra, pero ella no lo pilla y sigue: Y otra cosa, ya sabes que tienes que cortarte un poco con el alcohol, ¿eh? Y con los cigarrillos, ya lo sabes, ¿no? Yo no digo ni pío. Ella me suelta un mamotreto lleno de fotos y dibujos: Si quieres, échale un vistazo a esto. Yo la miro algo indecisa. Cómo pesa este tocho, le digo.

Es un libro sobre el yoga y el embarazo, replica ella. Tiene ejercicios de preparación al parto.

¿Parto? ¿Quién tiene que parir?, le suelto yo, intentando hacerme la graciosa otra vez.

Me suelta: ¿Sabes lo que dijo Madonna después de parir a su hija?

¿Madonna, la virgen? ¿Cuál de ellas?, le digo.

Y ella: Dijo que la maternidad es la broma más pesada que la naturaleza ha gastado a las mujeres.

Porque no ha conocido al hijoputa, le digo yo, que si lo hubiera conocido habría dicho que la broma más pesada que la naturaleza puede gastar a una mujer es quedarse preñada de semejante canalla.

Claire se me quedó mirando un rato y me dijo: Pasa, no sigas alimentando la rabia y el resentimiento.

Eh, eh, le digo yo, espera un momento Claire, que tú y yo no nos hemos entendido: lo del yoga no es para mí porque yo no quiero relajarme, yo quiero estar en guardia y a punto para partirle la cara al cabronazo. Yo soy de las que luchan por su supervivencia.

No me hace ni puto caso y me suelta: Léete ese libro. Bebe menos, deja de intoxicarte con tabaco y comida basura y relájate.

Buuuueeeeno..., le digo.

Hazme caso, suelta ella con una especie de luz en la mirada, hazme caso por una vez.

Sí..., le digo yo, pero te voy a decir que a mí no me gustan nada, pero ni pizca, ésos que van por ahí dando consejos y lecciones.

Ella, toda luz, me suelta: Yo pienso que la vida puede ser muy hermosa, tal vez no inmediatamente, tal vez no de la forma que tú imaginas, pero puede serlo...

Yo ni pío pero ella siguió: Toma, llévate también éste, te lo presto, pero devuélvemelo, ¿eh?

Mientras volvía a casa en metro les eché un vistazo a los dos libros, uno era Por un nacimiento sin violencia de Leboyer, con esas fotos de recién nacidos que nacen ya riéndose y también estaban las madres y los padres y las comadronas, todos partiéndose de risa. Reíd, reíd, pero ¿de qué coño os reís?, pensé yo, en plan negativo total.

2

Vuelvo a casa a las ocho pasadas. Me pego una ducha y me abro una naranjada light, la quintaesencia de la sinsustancia de este mundo. Después me lanzo sobre el sofá amarillo, estiro las piernas y me pongo I'll been in you, un viejo tube de Frank Zappa. Me quedo ahí con las notas de Frank vagando por la casa, la ventana abierta... echo una ojeada ocasional a las paredes color melocotón que pinté en un momento de euforia. Me inspiré en la casa mexicana de Frida Kahlo. Aunque ya llevo quince años fuera de Italia siempre echo de menos los colores cálidos.

Abro otra vez el libro de los neonatos sonrientes, y mientras les echo otro vistazo a los pequeños monstruos me distancio para rumiar mis cosas. No llego muy lejos. Porque se mire por donde se mire la cosa se las trae y no puedo hacer un carajo para cambiarla. El hijoputa ha desaparecido de mi vida y me ha dejado aquí colgada con una barriga tan grande que ya no puedo ni verme los pies, con las tetas y los tobillos hinchados y la pinta torpona que tenemos las mujeres en el séptimo mes de embarazo. Él se las ha pirado y yo me he quedado tirada en esta ciudad, con el bochorno y los drogadictos que yacen desplomados a la puerta de las lavanderías, con los mendigos y los vagabundos que se suben al metro y les sueltan sus miserias a los pasajeros porque han descubierto que si les cuentan su vida los parisinos sueltan algo de calderilla. Se han marchado casi todos los blancos del barrio y han quedado sólo los africanos que aparcan en los bancos y merodean por las calles bajo el sol con sus bubús de colores hasta los pies. Dentro de poco empieza mi permiso maternal y entonces adiós. De momento todavía me toca ir al periódico y venga a contarle a un público ávido de infortunios y desgracias historias de locos, asesinos, violadores y traficantes de órganos.

Por la ventana empieza a entrar un poco de aire fresco y yo ya me veo en una playa solitaria con palmeras, la arena blanca y el mar verde, como en una playa de

Tailandia que vi en una película. Me estoy relajando que da gusto cuando llaman a la puerta. Escupo un par de maldiciones y voy a abrir y es la vaca de Pauline, mi vecina, que se catapulta dentro y, ya bastante achispada, me suelta: ¡Ala!, ¿qué demonios te has hecho en el pelo? Oye, ¿qué haces esta noche? Es que estoy un pelín paranoica y no me apetece quedarme sola...

Lleva una falda blanca de tablas que la engordan considerablemente y una camiseta de tirantes con flores rojas y un par de lamparones. Su aliento apesta a alcohol y lo más seguro es que no esté achispada sino borracha perdida.

¿Por qué? ¿Tú que quieres hacer?, le digo.

Es que, ¿sabes, tía? Es que me ha pasado a mí también... eeesto, que el tío me ha mandado a tomar por culo, si...

¿Sí?, le pregunto intentando domar el instinto que me asalta de agarrarla y ponerla en la puerta. Ella sigue: Oye, ¿por qué no tomamos algo esta noche?

¿Algo como qué?, le pregunto yo. Y ella: Mira, tengo una botella de vodka con limón en la nevera.

Vale, cariño, le suelto, pero da la casualidad de que hoy he empezado mi programa para sanear mis costumbres y en ese programa no está previsto que me sople una botella de vodka.

Ella tuerce los labios un poco hacia abajo, le ha sentado mal y me dice: Joder, ahora tú también me haces sentirme rechazada.

Yo le digo: ¿Oye, no te parece que no me conviene emborracharme como tú?

Y ella que Pero si yo no estoy borracha.

Y yo que Mira, vamos a dejarlo.

Y ella, para salvar la situación, Venga, vamos a hacer una cosa. ¿Qué te parece si yo me traigo el vodka y a ti te consigo una botella de coca o una schweps, ¿qué te parece, eh? ¿O naranjada?

No busques mucho la naranjada que ya tengo una botella entera.

¿Entonces vale?, me dice ella.

Vale, le digo digo yo con mi generosidad innata.

¿A las nueve?, me pregunta ella con cierto entusiasmo.

Sí-í, le contesto yo sabiendo ya lo que me espera.

A las nueve en punto la vaca llama de nuevo a mi puerta, planta su culazo en mi sofá y saca de una bolsa una botella de vodka y paquetes varios de patatas, avellanas y aperitivos picantes de maíz. Se ríe un poco y suelta: Me he pasado por la sección de productos dietéticos, ji ji.

Maldita sea, digo yo.

He alquilado dos vídeos, ¿te apetece verlos?

Vale, le digo, pensando que así a lo mejor no tendré que escuchar sus gilipolleces todo el rato.

Ah, esta noche estoy triste, me dice. Me lo he tomado fatal, pero tengo ganas de montar una buena.

Adelante, le digo yo. ¿Qué película has cogido?

J'ai horreur de l'amour y Yo disparé a Andy Warhol.

Vamos allá, digo.

Pongo primero J'ai horreur de l'amour, eh, ¿qué te parece?

Vale.

¿Estás de acuerdo?

¡Sí! le grité.

La película cuenta la historia de un enfermo grave y de una doctora. A los diez minutos, Pauline dice: Me deprime, vamos a poner la otra. Le digo: ¿Qué te parece si vemos una cinta mía? Por qué no, me contesta ella, que ya ha trasegado un vaso hasta arriba de vodka.

Yo saco una cinta de mi colección Leyendas del boxeo. Canela fina. Estamos hablando del encuentro Mohamed Alí-George Foreman, Kinshasa, 30 de octubre de 1974, una de las cosas más hermosas. Del boxeo y del mundo, quiero decir. No sé si lo recordaréis, cuando Alí dice: No le tengo miedo a ese tal George Foreman, ese tal Foreman no me parece tan fuerte. Y Foreman era una bestia parda, no sé si me explico.

Empezamos a verla y a los cinco minutos Pauline grita: ¿Y A TI TE GUSTAN ESTAS COOSAAAS?

Sí, a mí sí, le digo.

¡CUÁNTA AGRESIVIDAAD!, saltó subiendo aún más el tono de voz.

Yo me callé, y al cabo de algunos segundos ella me amenaza: Si no la quitas rompo el televisor.

Le digo: Oye Pauline todos llevamos esas cosas dentro, pero los boxeadores las enseñan y por eso nos gustan tanto.

¿A quién coño le gustan los boxeadores? A mí no, a mí no me ponen nada, dijo ella.

A mí sí, a mí sí que me gustan mucho, le respondo y, mientras lo hago, las vidas de Rocky Marciano, de Joe Louis, de Jake La Motta y de Sugar Ray Robinson se me pasean por la cabeza y por las tripas…

A mí me parecen asquerosos, quiso precisar mi vecina.

Oye, vamos a dejar lo de los vídeos, yo preparo algo de comer y mientras tanto escuchamos un poco de música, ¿eh?

Ella me dice que vale. Yo propongo Skunk Anansie, ella coge el CD, le echa un vistazo a Skin, la tía de la cara cabreada y corte de pelo radical y la cosa no le va. Me suelta: ¿No tienes otro? Yo me digo para mis adentros que ésta es la última oportunidad que le doy en su vida. Después la tiro escaleras abajo. O por la ventana, no sé. Confío en mi instinto, saco un disco de Billie Holiday y a ella le parece bien.

La velada toma un cariz más relajado, Pauline sigue dándole a su vodka y yo a mi naranjada light que ya empieza a salirme por las orejas. Pone cara de picarona y dice: ¿Hace un canuto, eh?

Yo le vuelvo a explicar que lo estoy dejando y ella intenta convencerme de que un porro no me puede hacer daño. Los cigarrillos sí, estoy de acuerdo, dice, pero un porro lo mismo te sienta bien.

Me dije que quizás en eso llevaba razón, así que nos relajamos cantidad con Billie que sigue cantando sus canciones y con el aire fresco que empieza a ventilar la casa y nos ponemos a hablar de tíos. Pauline propone que nos contemos los tres mejores polvos de nuestra vida. Las historias de Pauline no están mal, pero, quién sabe por qué, todas terminan como el rosario de la aurora.

3

Después quiso saber qué se sentía al estar embarazada y yo le conté una chorrada cualquiera. Ella me dice: ¿Y no te aprieta en el culo?

¿Qué?

¿No te da miedo andar con semejante barriga?

¿Miedo de qué?

Pues de que te reviente, por ejemplo.

Tú estás pallá, le digo yo.

En serio, yo tendría miedo.

Al principio estaba un poco paranoica...

¿Y él? ¿Ya se había largado?

... pero después, una noche, cuando él ya me había abandonado, me sentí llena de esperanza...

¿De verdad?, preguntó Pauline.

¡Sí, hombre! Como una retrasada mental.

Ella siguió empapándose en alcohol y me preguntó: ¿Dónde conociste al cabronazo?

¿Qué coño dices?

Se encogió de hombros y trasegó otro poco de vodka.

No me apetece hablar de ese hijoputa, le dije.

Vengaaa... dime sólo dónde le echaste el ojo.

En el bar del aeropuerto de Orly.

Pffff, se troncha de risa. Pero tú estás loca... en el bar del aeropuerto... pfff...

No sé de qué coño te ríes.

¿Y fue un flechazo?

Ajá.

¿Siempre ocurre así, no?

¿Así cómo?

¿Y con qué excusa te dejó plantada?

Eestoo, dije yo, y tras una pequeña reflexión empecé a echarme un poco de vodka en la naranjada... me la zampo y le digo: No quería compromisos, era incapaz de comprometerse.

Pffff..., se carcajea otra vez Pauline.

La verdad, no sé de qué cojones te ríes, le digo.

Y ella: Al tío le asustaban las responsabilidades, ¿verdad?

Yo recordé cuando me dijo que no quería ataduras, debía pensar en su trabajo y yo le parecía tirando a excesiva y tormentosa. Lo habría matado, y para no ponerle las manos encima le di una patada a la puerta del baño y estaba descalza y dos dedos de los pies se me pusieron morados y pensé que quizá se me caerían las uñas.

¿Y tú qué le dijiste?, me preguntó Pauline.

¿Qué le dije cuándo?

Cuando te dejó tirada, no...

Le dije que no quería volver a verlo y que si me lo encontraba, me lo cargaba.

Oye, me dijo ella, ¿pero cuánto duró la historia?

Casi dos años, sí..., le dije yo y entonces me serví un par de dedos de vodka a palo seco.

Ah, entonces tenía razón el tío.

¿Perdón?

Cuando decía que eres excesiva y tormentosa...

Mira Pauline, vete a tomar por culo.

Se echó a llorar, empezó a gimotear y yo no tenía ningunas ganas de consolarla, así que la dejé tal cual. De pronto se sonó la nariz y me dijo: Anda, sube la música. Y luego: ¿Te importa si hago una llamada?

Levanta el auricular, marca un número, empieza a proferir una sarta de insultos de los gordos y cuelga. Ahora me siento mucho mejor, me dice.

¿A quién has llamado?
A tu ex.
¿QUÉ?
Bueno no, quería decir al mío.
Estaba trompa perdida.

Cuando se acabó el vodka, Pauline tuvo la brillante idea de despertar a los dos viejitos chinos del primer piso que tienen una tenducho de comestibles en la rue Chanzy. Yo no voy, dije. Pues voy sola, soltó.

Subió con cuatro superlatas de cerveza finlandesa Lapin Kulta, una botella de coca y una de ron Old Nick. Va y me suelta: Ni siquiera me han hecho descuento, los muy cabrones, y añade: Vamos a hacernos cubatas.

¿No tienes que trabajar mañana?

¡Los muy hijos de puta!, me dice.

¿Por qué?

Lo he dejado. A tomar por culo Minnie, Micky Mouse y Pluto.

¿No te trataban bien en Eurodisney?

A tomar por culo Eurodisney, me suelta ella.

Así las cosas, no lograba imaginar cómo iría la velada y ya rumiaba la manera de librarme de semejante ida cuando llamaron a la puerta.

4

Era Fruit, la chica del sexto, y parecía cabreada de verdad: Perdonad pero con las ventanas abiertas se oyen vuestros berridos, se oye la música, se oyen los tacos… se oye todo y yo no me puedo dormir.

Le digo: Qué curioso, hacía siglos que nadie me regañaba por soltar muchos tacos, más o menos desde los tiempos de la guardería. Jesús, la Fruit ésta debe de rondar los veinte años.

Pauline eructó y dijo: Bueno, cuando tú montas tus fiestas en la terraza hasta el amanecer tampoco dejas dormir a nadie.

Ella se quedó allí de pie, mirándonos. Nosotras dos repantigadas en el sofá y ella mirándonos en silencio.

Debía de ser un espectáculo interesante. Le suelto: ¿Te apetece una birra? Se me ocurrió que si se apuntaba a lo nuestro a lo mejor ella también apechugaba un poco con Pauline, porque, la verdad, yo es que ya no podía más.

Ella levanta un poco la mano y: No, no, gracias, nada de cerveza, yo no bebo.

Ah, le digo yo.

Sólo quiero dormir, ¿vale?

Joder, qué tía tan simpática. Fue entonces cuando Pauline hizo ese gesto de ofrecerle una fumadita y al instante la cosa tomó otro cariz. Fruit se sentó en la alfombra con las piernas cruzadas y empezó a fumar como una joven apache.

Pauline está pasada de rosca. Ey, ¿sabes que tengo tu primer disco? Cómo coño se llama... cómo coño...

Ajá, suelta Fruit.

Cómo que ajá, dime cómo se llama, ¿no?

Se llama Absurde, dijo Fruit.

Ah sí, el primer disco que sacaste, ¿no?, dice Pauline, se queda observando la pared unos segundos y añade: El segundo entonces es Tender Bottoms. ¿Acierto?

Aprobado, le dice ella.

Ey, sabes que hay unas cuantas cosas, unas cuantas palabras que no pillo qué coño significan.

¿Como cuáles?, le pregunta Fruit.

Joer, la hostia, no me acuerdo, pero está la canción ésa donde la tía dice que una vez conoció a una mujer que sabía seguir su sueño hasta el final... y después ya no pillé un carajo.

Ésa es la historia de dos chicas que se aman, dice Fruit con una media sonrisa.

Ah, hostia, si ya sabía yo que también en la otra canción, la de Tender Bottoms, había un rollo de tortilleras, lo habría jurado, mierda.

Y yo: Vale, Pauline, ahora córtate un poco.

Pero bueno, ¿qué coño pasa? Virginia Woolf también era tortillera, ¿no?, insiste la chiflada.

Fruit rió de nuevo. Y entonces empezó a llegarme algo que emanaba de ella. Una especie de serenidad y de espíritu positivo, los de quien ha decidido de una vez por todas que el prójimo no le toque las pelotas.

Coño, pero ¿era o no era un rollo de tortilleras?, insistió la vacaburra beoda de Pauline.

Fruit dio una calada y después me pasó el peta con una sonrisa seductora de andar por casa; sí, yo diría que era una sonrisa seductora. Di un par de caladas y me puse a observarla a conciencia, en realidad era la primera vez que nos tratábamos de verdad porque Fruit no era del tipo de vecinas que te da mucha cancha.

Me la quedé mirando un rato y vi algo que me gustó. Vi a una hermosa apache de ojos verdes y violetas, labios finos y espléndidos cabellos negros. Llevaba una camiseta que le dejaba la barriga al aire y unos vaqueros anchos, como de negro americano, un cuerpo delgado y nervudo pleno de energía vital. Fruit emanaba algo salvaje. Como una fuerza, una especie de confianza en el futuro. La mayoría de la gente, al crecer, pierde ese fluido incontaminado. Pasan por el aro, compran casas, forman familias sin ton ni son y toman pastillas contra la depresión, la tensión alta y el colesterol. Fruit me pareció alguien que no acabaría así, alguien que no permitiría que la vida la destruyera. Y eso me gustaba, y también me incitaba a protegerla, como a una especie en vías de extinción.

Pauline no paraba de soltar chorradas: Oye, pero tú, ¿por qué cantas esas historias tan raras?

¿Qué entiendes tú por raras?, le dice Fruit.

Oye, pero tú no andabas con ese tío, ¿cómo se llamaba el negro ése que está tan buenorro?, ése, ¿cómo se llama?, ése que iba medio desnudo con una pelota en la mano en aquel anuncio, no me sale...

Frank Touré, dijo Fruit.

Sí, ése es, sí, dijo Pauline.

¿Sabéis quién es Frank?, dijo Fruit.

Joder, ya lo creo, dije yo al recordar las maravillas que Frank Touré mostraba al mundo.

¿Ya no es tu chico?, preguntó Pauline.

Vale ya, Pauline, dije yo.

No, es que si habéis cortado, igual me lo presentas, ¿eh? Nunca se sabe (Pauline otra vez).

Sííí, claro, digo.

Y Fruit remacha: Si quieres te lo presento, por qué no.

Esta chica tiene auténtica clase, y empieza a caerme realmente bien. La creía más imbécil.

Hostia puta, ¿de verdad que me lo presentas?, dice la tarada de Pauline.

Cuando quieras, responde Fruit.

Venga, vamos a hacernos un cubata, dice otra vez Pauline.

Te lo agradezco, pero no yo bebo alcohol, replica Fruit.

¿Eres musulmana?, pregunta Pauline.

Ella se echa a reír y dice que no. Se ve que atrae buenas vibraciones a la casa, me dan ganas de ser su amiga para siempre. Entonces la velada empieza a desplazarse a otra dimensión, el alcohol y el hachís me toman de la mano y lo que sigue parece como envuelto en una nube de vapor.

Pauline corre un par de veces al retrete para vomitar. Estoy hecha una mierda, me dan escalofríos, dice, y se desploma.

Fruit se me acerca para decir: Mon Dieu, qué barrigón, ¿puedo tocarlo? Yo le digo que adelante y ella empieza a acariciarme la tripa y no está nada mal como sensación, me gusta su tacto. Pongo un disco de una cantante de fados y su voz desgarrada se convierte en banda sonora de los acontecimientos.

Es entonces cuando las manos y la boca de Fruit empiezan a recorrerme por todas partes, y me dice: Je vais te faire l'amour, así, como si fuera lo más normal del mundo en ese momento.

Yo pienso, bueno, por qué no, a lo mejor esta noche descubro algo nuevo. Con todo, estoy atónita. No esperaba que la chica pudiera sentir un deseo tan intenso y súbito. En serio, Fruit tiene estilo. Me levanta la camiseta y los pantalones del chándal y al ver mi embarazo en todo su esplendor dice: C'est super!

Permanecimos juntas hasta la mañana siguiente. Seguro que soñé con mi madre que, amenazadora, me señalaba con el dedo y decía: Mírate, ¡en tu estado! ¡Siempre igual! Excesiva y tormentosa.

5

A la mañana siguiente decido que debo cambiar de vida, pero en serio. Me despierto hacia el mediodía con un zumbido en los oídos, como una legión de mosquitos. Me noto los ojos hinchados y apelmazados y me da miedo abrirlos. Me levanto trabajosamente y echo un vistazo alrededor para ver si estoy sola, luego voy al baño y evito a toda costa el espejo.

Me lavo la cara y preparo café; fuera el sol brilla como si nada y ya debemos rondar los cuarenta grados. Me rasco un poco la cabeza porque me pica el pelo, recuerdo que me lo he rapado y me parece que he cometido una gilipollez. Doy un sorbo a mi café bien negro y cargado, lo suficiente como para tumbar a un caballo, me sube de golpe y lo vomito todo sobre las baldosas de la cocina. Qué gran comienzo matinal. Necesito un par de aspirinas y mis buenos veinte minutos bajo la ducha para sacudirme de encima este torpor bilioso.

Son casi las dos cuando me siento otra vez en mi sofá amarillo con el albornoz, que cada vez me queda más estrecho, y pongo los fados de anoche; me quedo un rato así, meditabunda, antes de salir a encarar el mundo.

Al salir de casa percibo por las escaleras un olor a detergente que me provoca ansias de vomitar de nuevo, Hafed debe de haber fregado. Lo pillo en el patio charlando con el conserje, le digo: Heilà Hafed, tú siempre tan apañado con el detergente, ¿eh?

Eh, ¿qué día tan estupendo, verdad?, replica.

Pues sí, le contesto.

Oye, insiste, que ya he terminado los libros que me dejaste, ¿cuándo me prestas otros?

Cuando me devuelvas los del mes pasado.

Él: Pour samedi, ça te dit?

El sábado, pues, le digo.

Ah, qué bueno es La exterminadora del planeta amarillo, dice sonriendo.

De acuerdo, te espero el sábado, concluyo.

Hafed es un chico argelino que viene un par de días a la semana a limpiar la escalera, y de vez en cuando pasa a verme. Se ha aficionado a la ciencia-ficción y por eso le presto algunos libros, casi siempre historias de mujeres un pelín violentas. Generalmente, mis libros no los presto ni muerta, pero tratándose de un joven musulmán me digo que vale la pena.

La calle apesta –las cacas de perro campan a sus anchas–, en el metro se mastica un calor húmedo que da ganas de aullar y me parece ver nubes de vapor cerniéndose sobre la gente. El andén está medio vacío y nadie sonríe. Una parejita de novios se abraza fuerte con la expresión de quien está cumpliendo una penitencia.

Y luego está él. El miserable guitarrista que pone todo su empeño en una tristísima versión de Mr. Tambourine Man. La funda de la guitarra está abierta, completamente vacía y parece predestinada a no recaudar ni para pipas. El tipo intenta imitar la voz ronca y algo rota de Bob Dylan, pero lo que resulta del intento se me antoja el berrido desgarrador de la matanza del cerdo. Una mujer acaba de llegar y tras escuchar durante un cuarto de segundo arroja un billete de veinte francos en la funda. Tal vez ha calculado que si el tío reúne dinero suficiente dejará de cantar.

Cuando el tren entra en la estación se calla. Nadie le aplaude. Algún que otro segundo de mágico silencio, las puertas se abren y el tío vuelve a empezar: Heyy míster taambouriiiinnnman. Afortunadamente, el metro se pone en marcha enseguida.

Dentro hace más calor todavía. Para ser más precisa: hace un calor mortal, yo doy con un asiento libre, me abalanzo y me siento en el paraíso. Sólo durante un par de paradas, porque en la Gare de Lyon el metro es asaltado por una horda políglota de exaltados, jóvenes sonrientes y chillones que llevan un broche puntiagudo prendido de sus camisetas verdes. Tardo un buen rato en registrar la situación. Luego, poco a poco, por las sonrisas, las conversaciones y las canciones, caigo en la cuenta: son los jóvenes católicos ecuménicos que invaden la ciudad con motivo de la visita del papa a París. Jesús, qué día.

6

En la Dépêche de Paris me recibe una atmósfera de estresada excitación. Echo un vistazo a la sucia sala blanca de la redacción, miro las paredes cubiertas de recortes de periódico, me llega el tecleo de los ordenadores, el zumbido de las impresoras, los timbres de los teléfonos y ya estoy cansada sin haber empezado. La cabeza me da vueltas y voy corriendo a sentarme en mi sitio. Los tíos caminan arriba y abajo y todos parecen estar en mejores condiciones que yo, han dormido nueve horas como mínimo. Todos saludan y sueltan mezquindades sobre mi corte de pelo. Le echo un ojo al jefe y lo veo atareado en su cubículo de plástico transparente. Desde que empezó una sección de cartas al director que incluye una foto suya, el jefe recibe un buen número de misivas de señoras francesas que babean ante su foto fantaseando con sus presuntas artes copulatorias. Para mí que lo del jefe no es más que apariencia, sexualmente hablando. Se trata del clásico superestresado por el trabajo y su carrera, y no me lo imagino follando.

Me apetece llamar a Fruit, pero no quiero mostrar tan pronto mi cara peor, quiero decir, mi cara tierna y pegajosa. Creo que esta vez es mejor fingir que voy a lo mío. Mientras estoy pensando que para ella quizá fue un aquí te pillo aquí te mato, suena el teléfono. Allô, digo yo confiada, subiendo un poco el tono de voz.

Del otro lado alguien empieza a jadear con una especie de ronquido, y luego una voz dice: La tengo dura, me estoy tocando y me la meneo.

Tras reconocer a mi maníaco sexual de confianza, le contesto: Oye, ya te dije que me la suda. Y además soy lesbiana.

El tío no se desanima, detecto algún que otro segundo de indecisión en su voz y después continúa: Ahora me la meneo arriba y abajo, arriba y abajo.

Pues que lo pases bien, digo, y cuelgo antes de darle la alegría de insultarlo como tanto le gusta.

Pero a partir de ese momento ya no puedo demorar más mi deuda laboral para con mi morboso público. Las agencias envían varias noticias: en los suburbios han hallado tres cadáveres, una mujer y sus dos hijos; hay también un tercer hombre, que aún sigue vivo pero no puede decir nada porque le han pegado un tiro que casi le ha volado la cara. Otra historia: un iraní se venga de una chica que se había negado a casarse con él y la riega con ácido. Lo más interesante es que el tío ha sido arrestado y la justicia iraní ha decidido dejar en manos de la familia de la chica la condena que debe aplicársele. Luego, destaca el hecho de que durante tres días los billetes de autobús, metro y trenes de cercanías costarán la mitad, debido a que el bióxido de nitrógeno desde hace ya una semana superó el nivel de peligrosidad. Me pregunto si el mundo no necesitaría de algún cambio, un cambio del personal, quiero decir.

El teléfono suena de nuevo. Una vibración me llega de inmediato. No podría jurarlo, no estoy del todo segura, pero el caso es que aun antes de escuchar su voz, la veo. La veo tumbada en la cama, con una camiseta verde y azul, y el pelo suelto sobre los hombros, con una sonrisa beatífica, una especie de virgen psicodélica.

Dice: ¿Qué tal todo? ¿Has visto que día tan espléndido?

Tengo que decir que tanto entusiasmo por los cuarenta grados me parece más bien fuera de lugar, pero hostia, me pongo la mar de contenta de hablar con ella, estoy contenta de que alguien con quien he pasado la noche llame a las cuatro menos cuarto de la tarde siguiente. Qué coño.

Dice: Mira, yo creo que tú me traes suerte.

¿Ah, sí?, respondo yo intentando mantener la compostura.

Sí, sí, dice ella.

Oye, Fruit, ¿qué llevas puesto?, pregunto.

¿Eh?, replica ella.

¿Cómo vas vestida en este momento?

¿Por qué quieres saberlo?, pregunta como si hubiese preguntado una cosa de locos.

Digo: Déjalo, no importa.

Y dice: Vale, llevo una camiseta azul con un dibujo verde en el centro, una especie de sapo un poco raro, aunque a lo mejor no es exactamente un sapo.

Me siento como si estuviésemos conectadas por algo extrasensorial, y ese tipo de cosas me exaltan. Ahora que ya sé lo que quería saber, pregunto: ¿Estás bien?

Dice: Adivina.

Y yo: ¿El qué?

Me marcho. ¡Me marcho a los Usa!

Ah, digo yo, y no sé por qué una especie de sombra empieza a planear en mi interior. La sombra de la mala suerte y del abandono.

Dice ella: ¿No estás contenta?

¿Eh?

Venga, que me han invitado al Lilith Fair Festival, ¿es que no lo entiendes?

¿Y eso qué es?, pregunto.

¡Cómo que eso qué es! Es un festival de rock sólo de mujeres. Actúan Tracy Chapman y Fiona Apple, y Joan Osborne y... ¡mierda!, dice como si le hubiera dado un calambrazo. Suena tan efervescente que hasta me libra de mis paranoias. Pienso que a lo mejor ésta es una manera como cualquier otra de dejarte tirada, pero al menos es un poquitín más simpática que otras...

Vale, estoy contenta, digo, en serio y...

¿Te apetecería venir conmigo?, suelta sin dejarme terminar.

¿Cómo?, digo yo.

Dijiste que dentro de poco ya estarás de vacaciones, ¿no?

Síí... es que... joder Fruit.
¿Entonces?
Yo: ...
Ella: ¡Venga, vente!
Yo: Vaa-lee...
Ella: Muy bien, ya hablaremos. ¿Vienes esta noche?
Yo: De acuerdo.
Ella: No, espera, espera, esta noche tengo una cita. Tengo que solucionar un asunto. Lo dejamos para mañana por la noche, ¿vale? ¿Qué me dices?

Vale, digo, y al colgar tengo la clara sensación de que me está ocurriendo algo extraño, un poco infantil quizá, pero totalmente natural.

7

Son casi las diez de la noche y ya he terminado de explicar en treinta líneas a mi morboso público la última noticia: en el sótano de un pastor protestante han encontrado los cadáveres de sus dos esposas y de algunos de sus hijos. El pastor ha sido denunciado por su primogénita, que ha confesado haber mantenido una relación incestuosa con su papá.

Me dirijo hacia el metro pero después decido dar un paseo, pues hace algo menos de calor y se puede respirar. Me entra hambre y me paso por un local chino donde compro comida para llevar. Cuando ya estoy cerca de casa veo algo que me quita el apetito de golpe. Delante del portal hay una ambulancia y dos patrullas de policía con las luces encendidas. Debe de ser el tipo de incidente que atrae a la gente, porque hay bastante por allí, mirando. Llega un coche de TF1 a todo gas y pega un frenazo.

Digo que vivo cerca e intento abrirme camino, apenas consigo apartarles, todos se aferran a sus posiciones, disfrutan de la miseria ajena y no van a dejarla escapar por nada del mundo. Finalmente, lo veo. Un cuerpo que yace en el suelo cubierto por una sábana gris claro. Bajo la sábana, más o menos a la altura de la cabeza, hay una mancha de sangre que se va dilatando, pero tal vez sea sólo una impresión. Un brazo delgado de mujer sobresale de la sábana, es una mano pequeña... y el cadáver está en una posición extraña, como cuando uno duerme todo retorcido.

En ese momento tengo una especie de déja vu, y un escalofrío me recorre la espalda desde el culo hasta la nuca. Alguien me empuja suavemente, es una mujer policía que me dice: Allez, allez, il y a rien a voir! Yo contesto: Oiga, que yo vivo aquí, quiero saber qué es lo que ha sucedido. En ese instante llega una chica, es la portuguesa de la planta baja, sé que trabaja en el hospital y que hace poco que vive aquí. Me habla como si nos conociéramos desde hace mucho tiempo, tiene lágrimas en los ojos, me coge del brazo y dice: Es la chica del sexto piso, la que canta.

Temo no haberla entendido bien, le digo que me lo repita. Luego, en cambio, temo haberla entendido. Digo: ¿Pero cómo?, y me entra frío en los huesos, una especie de aspirador empieza a succionarme la sangre.

Llega Pauline, se echa a llorar con la mano en la boca, y dice: ¡Es Fruit! Se ha lanzado al vacío.

¿Qué coño dices?, sigo diciendo yo. Y la tomo con ella para no sentir lo que me está desgarrando. Algo no muy sólido, que había conseguido remendar a duras penas hacía poco.

Pauline dice: Mon Dieu, c'est pas possible.

Yo digo: ¿Cómo ha sido?

Y ella: Se ha tirado de la terraza.

Yo digo: No es posible, no tiene sentido. Entonces veo a Krasicki que sale del portal y se dirige hacia mí. Me alegra verlo, porque a ese madero lo conozco desde hace tiempo. Se acerca y le pregunto si puedo ver el cuerpo. Le digo: Era amiga mía.

No es precisamente el primer muerto que veo en mi vida, pero ahora ante su rostro tengo una sensación de irrealidad. Porque el rostro que veo es el mismo que tuve delante anoche, pero ahora ya no expresa nada ni volverá a hacerlo jamás. Ella tiene los ojos abiertos, pero un sueño definitivo se la ha llevado. Y hay otra cosa, tal vez la última que puedo sentir. Esos ojos abiertos me están hablando.

En los ojos de los muertos siempre he visto la confirmación de algo que estaban esperando. En los de Fruit, en cambio, hay miedo y sorpresa. Son los ojos de alguien que está asombrado y no entiende lo que pasa, los de quien no se espera en absoluto que va a morir.

8

Le pido un cigarrillo a Krasicki, le doy una calada, luego otra y me alejo de Fruit. Camino hasta el final de la calle, doblo la esquina y me llego hasta un árbol. Me apoyo y me quedo durante unos segundos con la nariz hacia arriba y el culo y la espalda pegados al árbol fumando y soltando palabrotas. Me sube una oleada de rabia, tengo ganas de romper algo, imagino que me lío a patadas a los coches aparcados y que vuelco los contenedores de basura. Estoy otra vez enfadada, no quiero ver a nadie, no quiero hablar con nadie, me la han arrebatado y no puedo hacer nada para recuperarla.

De repente aparece Krasicki e intento poner cara de persona normal. Me dice: ¿Todo bien?

Sí claro, respondo.

¿La conocías bien?, pregunta.

En realidad no, digo.

¿Cuándo la viste por última vez?, vuelve a preguntar, pero a mí no me apetece responder a las preguntas de un madero, quiero echar a correr y destrozarlo todo.

Continúan llegando los coches de las televisiones y las radios, las luces de la policía emiten destellos siniestros, quisiera cogerla y llevármela de allí. Krasicki dice: Venga, vamos a tomar algo.

En la Chope de Montreuil llega la noticia. Están los parroquianos habituales que juegan a las cartas, se atiborran de cerveza y hacen consideraciones sobre la juventud (no demasiado originales). Yo me instalo en una mesa cercana al ventanal y tomo una cerveza. Krasicki toma otra, pero más grande que la mía. Permanecemos callados durante un rato, tengo la impresión de que si el silencio fuera de oro, nos íbamos a forrar.

Me fastidia admitirlo, pero aun siendo comisario de policía Krasicki es un hombre sensible. Es un poco el tipo de policía irreal de telefilme, inteligente y sensible.

Y dice: A primera vista parece que se trata de un suicidio.

Digo: Lo dices por decir, ¿verdad?

Él: Háblame de ella, qué tipo de chica era.

Yo le digo que de las personas que he conocido en mi vida ella era una de las más equilibradas, que tenía una gran fuerza vital y lo veías nada más conocerla.

Quizá tenía algún problema, señala.

Era de las que aguantan bien, enseguida reconozco a las personas que aguantan bien, digo.

¿Qué más?, pregunta Krasicki.

Además tenía un montón de cosas buenas en su vida, cosas que la mayor parte de la gente no tiene. Si Fruit se ha suicidado no debería quedar mucha gente en circulación.

Eso no quiere decir nada, dice él.

Yo digo: Oye, Krasicki, ella tenía su música, los discos, estaba a punto de ir a América, le hacía mucha ilusión. Era guapa, inteligente, por lo que yo sé no tenía problemas de dinero.

Ya, dice él.

Se follaba a un modelo guapísimo.

Eso no es lo único en la vida.

Qué coño quieres decirme, digo yo.

Él se calla de golpe, tal vez he sido un poco brusca.

Digo: He hablado con ella esta tarde, estaba contenta, excitada... qué quieres que te diga, sigo, y de pronto me da un bajón. Pero no quiero llorar delante de él.

Krasicki infla un poco los carrillos como hacen los franceses, luego dice: Escúchame, nunca se puede estar seguro de lo que le pasa por la cabeza a la gente. ¿Sabes cuántas cosas he visto yo? Ahora empezará a representarme el papel del policía que ya lo ha visto todo, añade: Hay tranquilas amas de casa que limpian la casa de arriba abajo, como cada día, y luego se saltan la tapa de los sesos. Hay hombres que van a la oficina como todos los días, bromean sobre el culo de la secretaria y luego se tiran al metro. ¿Continúo?

Yo estoy a punto de volverme loca, me pondría a gritar. Digo: Por Dios santo, deja de hacerte el poli que sabe de la vida, por favor, estamos hablando de alguien que me ha llamado por teléfono hace unas pocas horas para decirme que era feliz y que hoy hacía un día estupendo... Y en ese instante ya no puedo aguantarme más y a tomar por culo, me abandono al llanto en un lugar público, un llanto de sollozos, de lágrimas y de blasfemias, de todo lo que siempre me han dicho que no se debe hacer.

Krasicki se pone triste de repente y me acaricia una mano. Para ser un policía es demasiado sensible, en serio. En ese momento sus manos y sus ojos un poco idos y el calor de su cuerpo macizo me hacen recordar dos cosas, uno, la vez que follamos, dos, que me gustaría repetirlo.

9

En cambio me vuelvo a casa, no sé si podré dormir, pero quiero estar sola. Me pongo a calentar mi cena china, luego me tumbo en el sofá amarillo y, mientras, sigo viendo la cara de Fruit. La imagino volando con el pelo al viento, y después siento su impacto contra el suelo. No es el tipo de pensamientos que ayudan a dormir. Me pregunto si en tales casos se es consciente hasta el final, me pregunto qué habrá sentido. Pero una cosa sí que sé, que Fruit no se ha lanzado al vacío.

Mientras me sirvo el pollo con bambú y las gambitas en salsa picante me digo que tal vez la muerte es así, un asunto demasiado extraño si te paras a pensarlo, que cuesta mucho cuadrar de alguna manera.

Han dado casi las dos y mi mente ya no puede producir nada bueno, tiro a la basura el pollo y las gambitas, me hago una tila asquerosa y me meto en la cama. Consigo dormirme sólo cuando despuntan las luces del alba y habría seguido durmiendo toda la vida si a las nueve no hubiera sonado el teléfono.

Yo estoy en el reino de los zombies y él, el jefe, ya anda completamente agitado, dice: Me he enterado de que era tu vecina. ¿Es cierto?

Yo: ¿Qué?

Él: ¿La conocías?

Yo: ...

Él: Me he enterado de que has hablado con la policía.

Yo: ¿Y?

Él: Pues mira, que como no te has molestado en avisar, hemos pinchado.

Yo me incorporo muy dispuesta a mandarle a tomar por el culo, pero sigo demasiado trastornada para hacerlo. Con la boca toda pastosa, digo: No me encontraba bien, y además... la había visto precisamente la noche anterior y...

Aúlla: ¡NOOO! ¿PERO TE DAS CUENTA DE LO QUE ME ESTÁS DICIENDO?

Balbuceo: ¿Q-quée?

Él sigue: ¿TE DAS CUENTA DE LO QUE PODÍAS HABER ESCRITO?

Me entran ganas de llorar porque me duele la cabeza y porque vivo en un mundo de mierda.

Dice él: Ya hemos perdido demasiado tiempo, ahora ponte a trabajar, intenta averiguar lo que sabe la policía, habla con familiares, amigos, habla con alguien y dame algo realmente bueno esta misma tarde.

10

La muerte de Fruit es tomada al asalto por todos los periódicos. Los muy cerdos compiten por vender la historia de la joven, bella y rica cantante que a pesar de tenerlo todo se cansa de vivir. Todos los artículos escritos por esos cerdos rezuman indignación a punta pala por el vacío de los jóvenes y de la sociedad. Que se vayan a la mierda. A los tres días todos se olvidan de Fruit.

Yo escribo dos artículos, luego el jefe me dice que pase a otra cosa, que ya hemos cubierto el cupo de ese asunto; eso ha dicho.

Todavía tengo a Fruit incrustada en mis pensamientos, cada vez que vuelvo a casa está allí esperándome y la idea de olvidarla no se me pasa por la cabeza ni un segundo. He intentado volver sobre el asunto con el jefe.

Digo: Siento que aún tengo que hacer algo por esa chica.

Esa chica está muerta, dice él.

Precisamente, replico.

Él dice: Esto ya es paranoia.

Yo digo: ¿Qué quieres decir?

Y él: No sé si es la profesión la que nos vuelve paranoicos o si es la paranoia la que nos lleva a hacernos periodistas.

Telefoneo a Krasicki y vamos a comernos un cuscús donde Samir. Es un lugar pequeño y yo ya casi no quepo en los bancos, Krasicki se echa a reír. Luego le pregunto en qué punto están con la muerte de Fruit. Se pone serio y dice: Estamos esperando el informe del médico forense, pero aparentemente no tenemos nada de nada.

¿Cómo que no tenéis nada?, digo yo.

Él se remueve un poco en la silla, se pone nervioso. Dice: No hay señales de que forzaran la puerta, la ventana estaba abierta y en la terraza todo estaba en su sitio. Ni un indicio de violencia, ni en casa ni fuera. No hemos encontrado más huellas que las de la chica, todo estaba en orden, probablemente acababa de hacer limpieza. Sólo había un vaso de whisky casi vacío en la terraza.

¿Whisky? ¿Estás de broma? Fruit no bebía, no tomaba alcohol.

Oye, si decides saltar desde un sexto piso a lo mejor te metes algo en el cuerpo, ¿no?

Mmm, digo yo.

Traen el vino, un vaso igual sí me lo puedo beber.

Le digo: ¿Quieres saber una cosa? Algunos días me parece que mantengo contacto con ella.

Me mira y no me dice ni mu.

Añado: Pero por qué coño voy yo diciendo estas cosas. Él se enciende un cigarrillo, me mira otra vez, echa un vistazo alrededor y me suelta: Una vez me obsesioné con una chica: una prostituta asesinada a la que arrojaron a un contenedor de la basura. La había visto un par de veces, trabajaba por mi barrio, no tenía más de veinte años.

¿En serio?, digo yo.

No conseguía quitármela de la cabeza, con algunos homicidios pasa eso.

¿De verdad?, digo y no sé cómo pero de golpe me siento esperanzada, la vida se ilumina y me digo que no se me va la olla.

Krasicki se bebe el vino y habla de nuevo: Hay algunos momentos, ¿sabes?, ese instante antes de quedarte dormido, cuando todavía estás despierto pero estás a punto de caer en el sueño...

¿Sí?, digo yo.

¿Cuánto dura? Un par de segundos, quizá, qué sé yo, pero en ese momento es cuando me parece oírles hablar.

¿Oír hablar a quién?, pregunto y sorbo un poco más de vino.

Algunas veces me parece oír las voces de esos muertos; se lamentan, a veces también dicen el nombre de los culpables.

¿Te estás quedando conmigo, verdad?, digo yo.

Él mueve un poco la mano.

¡En fin! Dejémoslo correr. Será que trabajo demasiado...

Y en ese momento retoma su aspecto habitual, el aspecto de quien ha dejado correr ciertas cosas de una vez por todas.

Le pregunto: Y esa chica, la del contenedor, ¿descubriste quién la mató?

No, responde, y después esboza una sonrisa, pero tan tristona como para quedarse frito, porque más que una sonrisa es un fruncimiento de los labios que sólo sirve para tapar la cantidad de mierda que había en esa historia.

¿Y después?, vuelvo a preguntar.

Después tiré para adelante, ¿no?, dice.

Terminamos de comer y tomamos dos cafés y dos calvados, el alcohol circula por mi sangre y yo miro fijamente al madero polaco. Tiene una pinta un poco lamentable, da la imagen de alguien que come y hace todo lo demás un poco donde le pilla y cuando le pilla. No sé cómo pero en vez de volver al periódico ahora me gustaría meterme con él en cualquier sitio. En algún sitio como libidinoso y con poca luz.

Lamentablemente, Fruit está muerta, pero yo sigo viva.

11

Puede que por la excitación que Krasicki me ha provocado, en cuanto vuelvo al periódico entro en el despacho del jefe y le suelto: Jefe, quiero escribir otro artículo sobre la muerte de Fruit.

¿Y qué quieres escribir?, dice él.

Quiero escribir que el suicidio no es convincente.

A él no le afectan demasiado mis palabras.

¿Y qué sabes tú para asegurar tal cosa?

Me siento y empiezo a contarle todo, como una niña buena, como cuando tenía que recitar una poesía en el cole. Él anda hurgando en los cajones, pero me escucha.

Sabes mejor que yo que no tienes nada, lo que hay no basta.

¿Quieres que hablemos de intuición, jefe? ¿Quieres que hablemos de la intuición y la sensibilidad de una mujer? ¿Y más aún en la recta final de su embarazo?

Se pone rojo como un tomate, quién habría dicho que con tan poco se iba a incomodar. Ya decía yo que este chico es mucho ruido y pocas nueces. Prosigo: Ya sabes que siempre que te has fiado de mi instinto nunca te has arrepentido. Es lo único que no me falta: instinto, el sexto sentido y todo ese rollo.

Vale, vale, dice él, intenta practicar su media sonrisa arrebatadora (no le sale), se aparta el mechón de pelo castaño claro estilo Robert Redford y pone la mismísima cara que sale en la foto de la sección dominical. Con esta clase de tíos es con los que se pajean las señoras francesas... allá ellas.

Añade: Husmea un poco por ahí, a ver si alguien te cuenta algo. Pero si no logras una historia, no escribes.

De acuerdo, le contesto. Me levanto para salir.

Dice: ¿Cuándo empieza tu permiso?

Dentro de seis días, digo.

Luego te vas de vacaciones, ¿eh?

Tú verás, digo.

Regreso a mi escritorio y algo se pone a vibrar en mi interior, una suerte de alambre tendido desde la barriga hasta el cerebro, por poner un símil. Me dice que he tomado el camino correcto, el que me va a llevar a alguna parte. Entonces busco un número, descuelgo el teléfono y espero unos segundos.

Oouiiii..., dice una voz falsísima y alegre, una de esas voces femeninas que eliminaría para siempre de la faz de la tierra.

¿Madame de Rivelange?, pregunto.

Ooui?, dice ella algo sorprendida, intentando pegarle una cara a mi voz.

Yo me presento, y sin perder tiempo, para pillarla por sorpresa, suelto: Quería saber si podríamos vernos.

¿Y para qué?, dice ella, como si le hubiera pedido algo del otro mundo.

Yo digo: Para hablar de su hija, de Fruit.

¿De Fruit?, repite.

Sí, digo yo.

Silencio.

Insisto: ¿Madame de Rivelange?

Sí, estoy aquí, dice. Ahora una pizca de ansiedad atenaza su voz, y si cree que no me he dado cuenta se equivoca de medio a medio. Yo lo registro todo.

Digo: ¿Puedo pasar por su casa?

Mmm..., dice ella. Y luego añade: ¿Cuándo?

Le echo un vistazo a mi reloj y resuelvo: Dentro de una hora me vendría bien.

Pues… no sé… ¿Dice que quiere hablarme de Fruit?

Sí, respondo. Otro silencio. Luego anuncia: No concedo entrevistas.

No es para una entrevista.

¿Y para qué es, entonces?

Una cuestión personal, digo.

Tras siglos de silencio, la tía suelta: De acuerdo. Me larga la dirección, el código del portal, el metro, todo.

12

Madame de Rivelange vive en el sexto arrondissement, rue Guynemer, justo al lado de los jardines de Luxembourg. Cuando salgo del metro son las cinco de la tarde, no se mueve una gota de aire y el cielo está completamente azul, sin una nube. Localizo el edificio de la madama, una fachada muy respetable con un enorme portal y dos atlantes desnudos que sostienen el mundo. Pulso los numeritos del código y entro. Me meto por un jardín, encuentro otro portal y busco el nombre de la madre de Fruit. Tardo un poco porque en lugar de nombres aquí no hay más que iniciales. A éstos les da miedo que los molesten, estamos en la clase de lugar donde la gente se atrinchera al abrigo de sus semejantes. Pienso que es mejor ser vagabundo que reducirse a vivir así. Cuando encuentro unas iniciales que podrían ser las buenas llamo y, al cabo de varios lustros, una voz me pregunta quién soy. Yo me anuncio. La voz dice: ¿Es la chica del supermercado?

No, y tampoco la de la pescadería, digo.

Aunque pasar el rato en un ascensor no es una de mis grandes aficiones, debo reconocer que éste me da ganas de subir y bajar un par de veces, como los niños: madera de palisandro toda lustrosa, puerta dorada llena de hojas de parra y racimos de uvas verdes y azules esmaltadas. También hay una banqueta tapizada; es un ascensor delirante.

Desembarco en el último piso, y es la tía en carne y hueso la que viene a abrirme. Entro en la casa, una vista mejor sólo la podría tener un piloto de helicóptero. Madame de Rivelange huele a dinero a un kilómetro de distancia. Tiene los mismos ojos y los mismos pómulos que Fruit y eso me da mal rollo durante un rato. Pero dura poquísimo, porque las vibraciones de esta tía son muy diferentes. Es una mujer de unos cincuenta años de una belleza fría y sin la despreocupación de Fruit. Lleva alguna que otra chinita en los dedos y alrededor del cuello, un vestido blanco y azul sin mangas, un peinado recto y banal pero que sin duda es obra del peluquero más caro de París. En definitiva, el tipo de mujer que nos parece haber visto antes en alguna parte, pero que seguramente no es la misma. Porque sólo es otra representante de la misma raza. Otra señora de piel tersa, algunos millones alrededor del cuello y sin preocupación alguna por su supervivencia.

Nos echamos una ojeada y se dispara una especie de flechazo refractario. Sucede en pocos segundos, es instintivo: no nos gustamos nada. Ella tensa los labios en una tentativa de sonrisa y dice: Siéntese, por favor.

Suerte del calor, porque la corriente de aire gélido que emana de la madame está enfriando el ambiente. No soy nueva en este tipo de cosas. Me siento catapultada hacia atrás en el tiempo, cuando era una niña y no le gustaba a la maestra ni a las monjas ni a los padres de mis amigas. Porque llevaba los zapatos rotos y porque hablaba demasiado y me movía demasiado, porque era demasiado morena y tenía un acento que no les parecía bien, porque me gustaba fumar y hablar de chicos y porque mi padre siempre perdía el trabajo y se peleaba con mi madre toda la noche y después bebían y ponían discos y los vecinos aporreaban las paredes para que se callaran, escribían cartas para echarlos y cuando nos cruzábamos por la escalera nos miraban mal y no nos saludaban.

Este tipo de recuerdos emerge gracias a la dama que está sentada frente a mí. Una vez vi en la tele a un monje budista que decía que deberíamos estar agradecidos a nuestros enemigos porque nos dan la posibilidad de entender quiénes somos.

13

Me siento en el sofá beige de la señora de Rivelange y a la pregunta ¿tomará algo? respondo sí, una limonada, gracias.

Ella detiene la vista un rato en mi corte de pelo y en la minifalda con el peto que me faja la barrigota, después echa un vistazo al tatuaje maorí que llevo en el antebrazo izquierdo. Abre una cajita lacada, sobre la mesita baja de cristal, saca uno de esos pitillos light asquerosos, largos y finos, lo enciende y pregunta: ¿Le molesta?

Hostia, sí que me molesta, querría responderle, pero luego decido hacer un esfuerzo por superar la repugnancia recíproca que nos embarga. Digo: No, si abre la ventana.

Ella echa una bocanada de humo y dice: Imposible, tenemos aire acondicionado.

Ah, digo yo.

Tira del cigarrillo como una condenada y pregunta: ¿Qué puedo hacer por usted? Lo dice como la encargada de una tienda de postín que ve entrar a una muerta de hambre.

Bueno, yo querría saber algo de Fruit.

¡Ese nombre ridículo!, exclama la señora.

¿Cómo?

¿No era mucho más bonito el nombre que escogí para ella?

¿Qué nombre?

Marianne.

Entiendo, digo.

Dice que no quiere hacerme una entrevista, ¿eh?

No, estoy aquí por otro motivo.

Ya... me va a decir que no le interesa escribir nada para ese periodicucho, dice ella.

Yo pienso que incluso detrás de la hostilidad más odiosa a menudo se esconde un anhelo de calor humano y de hermandad que pretende salir a la luz. Tal vez me encamine hacia la santidad.

Digo: Oiga si quiere que le diga la verdad a los periódicos ya no les interesa Fruit, es agua pasada. Yo no la he buscado para escribir un artículo, se da el caso de que conocía a su hija, y me gustaba. No la conocía bien, no la conocía desde hace mucho pero era una chica que se hacía querer. Ahora está muerta, y lo siento. Pienso en ella y sueño con ella a diario. Usted era su madre, y me gustaría que me hablase de ella. Porque no puedo imaginarme que una chica así decidiera acabar con todo de esa manera.

Trato de averiguar si he abierto una brecha en la odiosa hostilidad de la señora. Quién sabe. Echa una mirada a mi barriga.

¿Cuándo nace su hijo?

Mi hija, puntualizo yo. Nacerá en septiembre.

Madame de Rivelange empieza a mirar hacia afuera, hacia la terraza, como para tener un panorama completo de la ville lumière, luego dice: Marianne es una niña mimada. Desde pequeña, cuando se le mete algo en la cabeza lo consigue. Es una dominanta, una seductora nata...

Obviamente todos notamos que está hablando en presente, me pregunto si es sólo porque está trastornada por el dolor o porque está mal de la chaveta. En ese instante llega una joven criada asiática, deja mi limonada sobre la mesa junto a una cubitera llena, un vaso de colores con unas cañitas a rayas y un platito de frutas escarchadas. Hay manzana, albaricoque, piña, plátano. Manoseo un poco las rodajas de plátano seco, una de mis debilidades, y pregunto: ¿Se llevaba usted bien con Fruit?

No, contesta, como si le hubiese preguntado cualquier cosa. No, nunca nos hemos llevado bien. Sabe, Marianne no soporta que una mujer haga lo posible por tener buen aspecto...

¿Qué es lo que entiende usted por buen aspecto?

Bueno, pues estar guapa para su marido, por ejemplo. ¿Usted qué opina de eso?

Le pego un volantazo al curso de la conversación y pregunto: ¿Y con su padre? ¿Se llevaba bien Fruit con su padre?

Con Gilbert, sí, claro, figúrese... Él la consentía y siempre hacía todo lo que podía por ella. Era una especie de oráculo para mi marido.

¿Cuándo murió su marido?

Hace más de un año, responde. Después hace una pausa, observa cómo doy cuenta de un par de albaricoques secos y continúa: Marianne era una chica muy guapa, ¿eh?

Sí, contesto yo (tal vez ha recuperado el juicio, digo).

Claro que vestía fatal... ¡Dios mío! ¡Qué cosas se ponía!

Yo contemplo una rodaja de piña escarchada y digo: ¿Usted cree que Fruit padecía de depresión? ¿Se sometió alguna vez a terapia, un tratamiento o algo por el es…?

¿Quién, Marianne?, interrumpe la madre. Marianne es una chica feliz, mejor dicho, es una especie de tanque, que todo lo que quiere lo toma.

Pausa, enciende su puto cigarrillo light, vistazo al panorama y adelante: Claro que también ella habrá tenido alguna que otra desilusión. Pero quién no ha pasado sinsabores en la vida. Me lanza su mirada glacial y añade: ¿No le parece?

¿Ha creído usted alguna vez que Fruit podía hacer una tontería? (ya empiezo a hablar como ella, tengo que salir de aquí cuanto antes).

No, naturalmente, responde.

Cuando hablaba de sinsabores, ¿estaba pensando en algo en concreto?

En ese preciso instante madame de Rivelange decide que ya ha hablado bastante, se levanta y dice: Escúcheme, señorita –vistazo a mi mano izquierda en busca de una alianza nupcial inexistente–, Marianne no me contaba nunca nada, nunca me habló de su vida, y ahora le agradecería que me dejase a solas con mi dolor.

Nada de lo que dice me parece sincero, tengo la impresión de que en ningún momento ha expresado nada que no sonara falso. De modo que yo también suelto un par de frases protocolarias y me evaporo.

No sé cómo, pero el aire del metro me parece cien veces más saludable que el de casa de Rivelange.

Mientras regreso al periódico cavilo sobre lo que me ha dicho esa mujer, y hay algo que no me cuadra. Antes de subir me acerco al bistró de la esquina y tomo una tónica para seguir sopesando mis sensaciones. Contemplo las botellas alineadas detrás de la barra, sigo los gestos rápidos de Pierre mientras prepara café y tira cervezas para otros periodistas. Aparto la tónica, pido una cerveza.

La verdad es que tengo una sensación clarísima, cada vez más clara. La sensación de que ha sucedido algo injusto. Fruit me dijo que aquella noche tenía que solucionar un asunto. Y el asunto no podía ser su suicidio, porque de ser así no me habría citado para la noche siguiente. Dijo que tenía que ver a alguien. Y luego está la cuestión del vaso de whisky vacío. Mientras pienso en esto la inquilina alojada en mi barriga me propina un par de patadas. Es su manera de comunicarme que está conforme.

De acuerdo, soy un ser que puede serlo todo menos perfecto. Me dejo preñar por un gilipollas, sigo bebiendo cerveza aunque no debería, me pone a cien un policía polaco, vale, por un lado estoy algo tarada. Pero en mi vida existe un ancla. Es una especie de brújula que me dice hasta dónde puedo llegar, hasta qué punto puedo hundirme. Y esa brújula es mi intuición. Llamémosla también sexto sentido o instinto de supervivencia, pero da la casualidad de que gracias a esa brújula me mantengo en pie todavía, no me he roto en pedazos y puedo pensar que el mundo no es sólo la mierda nauseabunda que parece.

14

Ocuparme de otras noticias me ayuda a reflexionar, me sirve como terapia y como hipnótico. Cuando suena el teléfono estoy completamente enfrascada en mi ordenador, contesto, y con la voz de quien tiene mil cosas mejores que hacer en la vida que contestar al teléfono, digo: Allô?

A-allô, replica una voz femenina.

¿Sí?

Soy... me llamo Janine, soy la tía de Fruit.

Sí, digo yo sin asimilar del todo lo que me está diciendo.

La hermana de Irene de Rivelange, quiero decir.

Buenos días, digo.

Sí…, dice ella.

Dígame, sigo yo.

Espero no haberla molestado, yo… encontré su número en la agenda de Fruit.

No me molesta en absoluto, digo esperando que Janine se parezca lo menos posible a su hermana.

He leído sus artículos, quiero decir, lo que ha escrito sobre la muerte de mi sobrina, y… me gustaría conocerla.

No sé por qué me pongo a pensar que mis artículos no le han gustado y que tendrá alguna objeción, pero aun así la cito para las dos del día siguiente en un café de mi barrio.

Llego al café Liberté con algo de antelación. Pido una infusión de menta y me pongo a escuchar tranquilamente Radio Latina sintonizada a todo volumen, mientras observo la fauna de colgados, lesbianas, gays, parados y muertos de hambre aparcados en el bar. Frente a mí están sentados dos sordomudos que hablan con gestos y van vestidos igual, con vaqueros blancos y camisetas a rayas blancas y azules.

Podría quedarme durante horas sentada en este bar observando la fauna, escuchando la música y bebiendo sorbos de café y naranjada, me parece que aquí se puede hallar un equilibro razonable entre la vida y la muerte. Quizás en mi vida no ocurran cosas fabulosas, pero hay un par de las que no podría prescindir. El café Liberté es una de ellas.

A las dos en punto echo un vistazo a la calle y no sé por qué razón la reconozco inmediatamente. No tiene nada que ver con madame de Rivelange ni con Fruit. Es una chica sobre los treinta y cinco, bajita, rechoncha, con un peinado disparatado y un vestido azul hasta los tobillos. Cruza la calle arrastrando el cuerpo como un saco de patatas, anda un poco ladeada, con un hombro más bajo que otro y la cabeza inclinada. El tipo de persona que pide perdón por estar en el mundo. Yo agito una mano, esbozo una sonrisa y la llamo. Ella se acerca, sin resuello, me tiende una mano sudorosa y gordezuela, y se pone roja como un pimiento.

No llego tarde, ¿verdad?

Se sienta, se le cae el bolso, se agacha para recogerlo y al incorporarse le da un codazo a mi vaso de menta que cae al suelo y se rompe en tres pedazos clavados.

Oh mon Dieu!, balbucea poniéndose todavía más roja, ya tirando a violeta.

De primera impresión, me gusta muchísimo. Es que tengo debilidad por los torpes, los desgraciados, los gordos de la clase, por los tartamudos y por los que en las fiestas se quedan sentados en un rincón como pasmarotes porque nadie les hace puto caso.

Janine no se parece nada a su hermana ni a su sobrina, pero el color de sus ojos es igual que el de Fruit. Aunque los suyos están hinchados por un par de bolsas que le hacen cara como de hojaldre. Se queda sentada en silencio, un poco cargada de hombros y para romper el hielo, más que nada, hago un comentario sobre la clientela del bar.

Ella sonríe a medias.

Sí, sí…, y se alisa el pelo con su mano gordezuela. Lo lleva bastante corto y levantado sobre la cabeza al estilo alcachofa. No es un corte radical como el mío, sino más bien el de quien que se apaña por su cuenta o que ha caído en manos del peluquero equivocado.

Me gustaría que empezásemos a hablar, digo: Sabe, ayer mismo conocí a su hermana.

Sí, vuelve a decir ella.

El individuo detrás de la barra aúlla: QUE EST-CE QU'IL VOUS FAUT, MADAME?

Ella me mira desorientada. Dice: Me apetece un helado. Yo se lo pido. PAS DE GLACES ICI, M'DAM!, grita de nuevo el tipo.

¿Qué tienen entonces?, me pregunta con un punto de desesperación en la voz.

Bebidas alcohólicas, cócteles, cerveza, agua mineral con gas, a lo mejor..., digo yo.

Una Perrier, dice volviéndose hacia el tipo.

Sólo Badoit, contesta él.

Está bien, dice Janine. Y entonces se vuelve hacia mí, me mira a los ojos y esboza una sonrisa. Es sólo un intento, pero a mí me basta.

He leído... sí, su artículo...

Sí, digo yo, expectante.

Era di-distinto de los demás artículos que han escrito sobre mi sobrina...

¿En qué sentido distinto?, pregunto.

VOILÀ M'DAM!, nos grita al oído un colgado de pelo grasiento con un perro pulgoso pegado a él. De vez en cuando es él quien sirve en las mesas, pero aquí la norma es que tienes que levantarte a recoger tu pedido. El de ahora es un trato especial reservado a los clientes habituales.

Digo: A Fruit la acababa de conocer, apenas la conocía.

Los ojos de Janine se llenan de lágrimas, se encoge de hombros como si quisiera meter la cabeza allí dentro. Como no es una tortuga, no lo consigue.

Digo: ¿Está segura de que no le apetece tomar otra cosa? ¿No quiere algo más fuerte?

Janine se suena la nariz.

¿Usted qué está tomando?

Yo estoy a base de menta y naranjada, pero a usted quizá le sentaría bien una copa, ¿no?

Se vuelve a sonar la nariz, menudo jaleo con los mocos. El perro asqueroso se le acerca y empieza a restregarse el hocico en sus piernas. Ella lo acaricia un poco y dice: ¿Qué le ha contado Irene?

¿?

Mi hermana.

Ah, ya... no me ha dicho gran cosa, quizá le cuesta aceptar lo que ha sucedido, no lo sé.

Irene ha tenido muchos problemas en la vida, sabe... Le ha parecido un poco fría y distante, ¿eh?

Un poquito, quizá...

Bueno, no debe juzgarla mal.

Entiendo, digo yo más falsa que un Judas.

Sí, es su manera de defenderse del dolor, ¿no cree?

No hay que descartarlo, respondo.

Además, no se llevaba muy bien con Fruit. Ella era la preferida de Gilbert. De monsieur de Rivelange.

Janine habla de su hermana y su cuñado como si fuese una criada devota y encariñada con sus patronos.

Digo: Y ellos dos, quiero decir Irene y Gilbert de Rivelange, ¿se llevaban bien?

Sí, sí, claro, pero para él, ante Fruit, cualquier otra persona de la familia pasaba a un segundo plano.

Ah, digo. Entonces Janine se pone a observar la botella de Badoit como si fuese la cosa más interesante del mundo. Se queda así una eternidad. Digo: Janine, me alegro de haberla conocido, pero ¿hay algo en particular que quiera decirme, tal vez?

Levanta su cabeza de alcachofa, me mira con sus ojos hinchados y dice: Ah, bueno, sí. Yo no creo que Fruit se haya suicidado. Alarga su mano para rozarme la muñeca. Dice: Usted tampoco, ¿verdad?

Son casi las dos y media y hace un calor de la hostia, no se puede respirar por el humo y todo lo demás. La humedad está al mil por cien, pero de pronto la atmósfera se transforma, se ha despejado.

Me alegra confesaros que en ese momento Janine parecía refulgir como una luz dorada. No me avergüenza decir ciertas cosas, porque eso es lo que distingue a las personas con estreñimiento emocional de las otras. La vida puede alterar las vibraciones en algunos momentos, y ahora sé que es por eso por lo que nos hemos conocido ella y yo, para extraer de la mierda algo limpio.

15

Pido otra menta y luego digo: Janine, cuéntame cómo era Fruit.

Dice: Digamos que era un personaje original. Lo hacía todo a su manera y no le importaba lo que pudieran pensar los demás. De pequeña sufría de asma y pasó largas temporadas sin ir a clase, tampoco se adaptaba muy bien al colegio, pero era inteligente y despierta.

¿Padecía de asma?, pregunto.

De pequeña sí, era alérgica a casi todo, y por eso se crió así, un poco original y un poco asocial. Nunca pudo tener amiguitos, porque cuando intentaba ir a su casa siempre había polvo o algún animal o cualquier otra cosa que la hacía enfermar.

Se detiene un segundo, añade: A lo mejor ahora me tomaría eso más fuerte que me decía.

Sí, respondo y pido un mojito para la chica. Digo: Aquí el mojito lo hacen bien.

¿Qué es un mojito?, pregunta.

Explico: Media lima, azúcar de caña, hojas de menta y Habana Tres, más hielo y un poco de agua mineral.

Caramba, dice Janine, y prosigue: Fruit tenía la cabeza dura, muy dura más bien, pero sabía ser amable y generosa también, cuando le apetecía.

Dado que Janine ha abierto la veda, decido que hable un poco más: ¿Estabais muy unidas?

Ella se revuelve un poco en su silla y dice: Sí, yo nunca tuve familia e Irene siempre tenía mucho que hacer, a Fruit la he criado yo.

Entiendo, digo, y sigo preguntando: ¿Padecía depresiones, quizá?

¿Quién, Fruit? No, no, era impulsiva, podía pasarse un día entero encerrada en casa llorando y después, puf, se acabó.

¿Qué me dice de Frank Touré?, inquiero.

De golpe le cambia la cara y se transforma ante mis ojos. Se cierra, envarada, con un tembleque de manos y la mandíbula tan apretada que casi parece un chico.

Dice: ¡Ése! Es un fresco, un vivales, ¿quiere saber una cosa?

Sí.

No ha tenido nunca un céntimo. Vive al día.

¿No trabaja de modelo?, pregunto yo.

¡Modelo!, suelta y continúa escupiendo veneno sobre ese pedazo de tío. Dice: ¿Sabe que tiene una mujer en África?

¿Y?, pregunto.

¿Cómo? ¿No sabe que también tiene hijos? ¿Y que es un mujeriego?

No lo sé, no. Ya empieza a agobiarme un poco la andanada de Janine contra Touré. ¿Por qué la tiene tomada con él?, pregunto.

Yo no la tengo tomada con él. Pero ¿sabe cuánto dinero le ha prestado Fruit?

¿En serio?, digo.

Por supuesto.

Bueno, digo. Esta agresividad oculta de la gente me toca los cojones. Le echo un vistazo al reloj. Digo: ¿Qué piensa hacer?

De golpe regresa la Janine de antes, la que yo prefiero, se suena de nuevo la nariz y dice: Hay otra cosa, aquella noche Fruit me dejó un mensaje en el contestador. Eran las diez y media, me dijo que la llamara, que era urgente. Yo no oigo bien, soy casi completamente sorda del oído izquierdo, no oí el teléfono, y el mensaje lo encontré demasiado tarde.

Janine se sopla el mojito en un pis pas, después salimos del café y la meto en un taxi. Yo me pongo en marcha bajo el sol vespertino. Como soy de esas personas que hablan solas por la calle, necesito caminar.

Cuando llego a la rue de Charonne tengo necesidad de ir al baño de nuevo. Entro en un bar, pido un café y me encamino hacia el váter. Al volver la cabeza, lo veo.

Lo he pensado centenares de veces, en mis pesadillas también soñé que sucedía. Desde que me dejó tirada le he vuelto a ver sólo una vez, por casualidad, en el metro, en el andén frente al mío, en medio del gentío de Châtelet. Sucedió hará cuatro meses más o menos, y hasta ahora. Entonces comprendí que todavía me hacía daño verlo, y que no le había olvidado. Todavía sentía una suerte de vínculo orgánico que me ataba al muy capullo. Era una cuestión de piel, de carne y de olores. Habíamos roto hacía tiempo pero dondequiera que fuese estaban aún su cara, su cuerpo y su olor. Me parece asqueroso este apego pero no puedo evitarlo.

Así que he imaginado un millón de veces que me lo encontraba por la calle o en un restaurante por casualidad. También he imaginado que le montaba una escena en público, como propinarle un par de puñetazos, algo así. Soñaba con derribarlo, que hiciera un papelón, atizarle hasta que se desplomara llevándose algo por delante... una mesa repleta de platos y botellas que le caían encima, como en una película de Scorsese. Y ahora me lo encuentro al lado, precisamente aquí, en este tugurio oscuro y cutre, solo, y yo que me hago pis y que parezco una mujer bala, con las bermudas rojas con peto y el pelo como Skin pero sin su arrebato.

He mirado tantas veces esa cara durante estos meses, y me da miedo que ahora vuelvan los insidiosos recuerdos cuando la mire de nuevo. No me apetece ni darle un puñetazo ni tumbarlo sobre una mesa del bar. Le clavo los ojos, él se siente observado, se vuelve hacia mí. Se quita las gafas de sol, me ve, me echa un vistazo general. Está bronceado, pero aun así veo que se pone blanco. Digo: ¡Salut!

Él intenta reponerse de la sorpresa, mi aspecto debe de haberlo asustado. Pero juega a la carta del que sabe dominar la situación. Dice: Ehù... ça va?

Ouuiiii…, contesto.

Se queda ahí parado, se apoya en un pie y luego en el otro, se mete las manos en los bolsillos y luego las vuelve a sacar, y no sabe qué coño decir.

Dice otra vez: Estás bien, ¿verdad?

Claro que sí, digo yo, con las piernas un poco separadas, la protuberante barriga y una calma infinita como de luchador japonés gordinflón. Me pongo a sorber el café.

Dice él: Mmm, sabes, quería llamarte…

¿En serio?, digo yo.

Sí, en serio, porque creo que me dejé algo en tu casa… me parece que me dejé un jersey, un jersey muy bonito, ¿sabes…?

Sé muy bien de lo que me está hablando, un jersei de pico naranja un poco amariconado que le había regalado su mamá, una cosa suave y cara. Me lo cargué, lo pisoteé, me subí encima, lo rasgué, le arranqué los botones y las mangas y después lo usé primero para quitar el polvo y luego una vez que llovía lo puse sobre el felpudo de la entrada y me limpié los zapatos llenos de barro. Y estoy muy contenta de haberlo hecho, ha sido una de las mejores cosas que he hecho en mi vida.

Le digo: ¿Hace meses que no nos vemos y lo único que se te ocurre decirme es eso?

¿Cómo?, dice a la defensiva.

Yo se lo repito, como una amable maestra a un niño imbécil. Digo: Hemos estado follando durante dos años, casi a diario, hemos dormido juntos casi cada noche, ¿y todo lo que se te ocurre decirme es que te devuelva una mierda de jersey?

Lo quiero, es un regalo.

Yo bebo un poco más de café antes de que se enfríe, e intento retener mi vejiga para no mearme allí de pie junto a la barra. Le digo, siempre con mucha calma: Tu jersey ya no existe.

¿Qué?, dice él súpernervioso.

Lo hice trapos y luego me limpié los zapatos con él.

¿QUÉ?, dice de nuevo y yo me pregunto cómo he podido amar y sufrir durante todo este tiempo por un ser tan mezquino. Termino mi café y me dirijo hacia el váter.

Él me coge por un brazo, y yo me libero de un tirón. Entonces me agarra por la camiseta, por la espalda, y tira fuerte hasta que se oye un leve crac. Le fulmino con la mirada, dos tipos sentados en una mesa se vuelven hacia nosotros. El barman dice: Ça va pas, hein?

Me suelta y yo aprovecho para bajar al cuarto de baño. Tengo miedo de que me siga. Cuando entro en el retrete me cierro por dentro y permanezco allí cinco minutos de reloj, intento respirar y no echarme a llorar.

Pasa algún que otro minuto antes de que el barman venga a llamar a la puerta para preguntar si todo va bien. También me dice que monsieur se ha marchado.

Temo que me estalle la cabeza, temo no poder superarlo. Pienso que de un momento a otro podría darme una crisis histérica y echar la puerta abajo a patadas y a puñetazos. Después me digo que es una puerta bastante sólida, y que sólo conseguiría lastimarme los pies otra vez. Permanezco encerrada en el retrete un poco más. Ni siquiera puedo llorar, no puedo hacer nada.

16

Al día siguiente voy a los espectáculos de Thierry y consigo el número de teléfono de Frank Touré. Le llamo hacia las dos y él responde cuando ya ha saltado el contestador automático con la voz de alguien que se ha pegado una sobada brutal. Le pregunto si podemos vernos, y como no ha desconectado el contestador se oye de fondo un molesto pitido mientras hablamos.

Dice: ¿Quieres hacerme una entrevista?
Yo: No, sólo quiero charlar un poco.
¿Es por mi nueva película?, pregunta.
No, es por Fruit, respondo.
Él tarda un par de siglos en contestar.

¿Y de qué te sirve una entrevista sobre Fruit a estas alturas?

Yo le repito muy pacientemente que no quiero hacerle una entrevista. Él vuelve a callarse y yo me quedo allí respirando en el teléfono, lo único que puedo hacer mientras espero respuesta.

Pregunta: Oye, ¿eres tú eres la que ha escrito el artículo en la Dépeche?

Sí, contesto.

Bon, ça va, dice. ¿Quieres venir a mi casa?

De acuerdo, respondo.

¿Cuándo?

Dentro de una hora, digo.

Tu rigoles!, dice él, no son ni las dos.

Entonces di tú.

Ah, merde!, dice de nuevo.

¿Sí?

Hoy tengo que ir a la exposición de una amiga.

¿Entonces?

¿Qué te parece si nos vemos a las cinco?

Me parece bien.

La galería donde expone la amiga de Fruit está en Oberkampf y yo llego a las cinco en punto como una suiza alemana, me doy una vuelta por los locales y echo una ojeada por los alrededores, pero de Frank Touré ni rastro. Hay una docena de personas plantadas allí como cebollas con un vaso de vino blanco en una mano y un cigarrillo en la otra. Son todos extremadamente estilosos, vestidos de negro, pálidos de cara y de cuerpo. La tía que expone también tiene la cara blanquísima, el pelo rojo fuego que le llega hasta el culo y un flequillo cortísimo. La reconozco porque en las paredes hay colgada toda una serie de fotografías suyas. Son fotos gigantescas de la tía con la nariz vendada con gasas y esparadrapo. Leo una nota que cuenta cómo una vez se rompió la nariz esquiando. En las demás salas hay más fotos: está la Gioconda, el autorretrato de Van Gogh, está Jesucristo, un par de vacas, Elvis Presley, la Virgen María, Michael Jackson; todos con un trozo de gasa con esparadrapo pegado en la nariz.

Los tíos que están allí con los vasos de vino en la mano dan un vistazo y dicen: Aaaahhh! C'est bien!, o: C'est genial!

Yo paso revista a las fotos, bebo un vaso de vino, aparco un rato fuera en la puerta, vuelvo a entrar, echo una ojeada a la lista de precios de las obras y luego ya no sé qué más hacer. Lo repito todo otra vez y entonces son ya casi las seis y Frank Touré no aparece ni en forma de ectoplasma.

Vuelvo a mirar un par de narices vendadas, le suelto un par de chorradas sobre el arte apocalíptico del fin de milenio a un tipo gordito y sudoroso y entonces lo veo por fin cruzando la calle a toda prisa. No hace más que entrar en la galería y todo el gallinerío se pone a cloquear a su alrededor. Él ahí, guapo y tranquilo, disfrutando a lo grande mientras las pálidas gallinas lo miran con ojos de carnero, brillantes, las pupilas dilatadas, las bocas entreabiertas, babeantes. Una rubia se le cuelga del brazo, otra, con toda naturalidad, lo morrea durante varios minutos en vez de darle los típicos besitos en la mejilla. Yo intento abrirme paso entre las polluelas: Frank, hey Frank, teníamos una cita, ¿recuerdas?, digo, e intento imitar a alguien hablando por teléfono con el pulgar y el meñique a modo de aparato. Él se lleva la mano a la frente, mira al cielo y después aparta a las polluelas con gesto huraño. Me refiero a que agita un poco las manos como haría un príncipe cretino con sus siervos.

¿No habíamos quedado a las cinco?

Dice: Desolé! Pero es evidente que le importa un pito haberme tenido esperando más de una hora. Hay que reconocer que en persona el tío es de una belleza que te deja sin aliento. Me dedica una sonrisa black, me roza un brazo y dice: ¿Está a punto de salir, eh?

¿Perdón?

El niño, y señala la barriga de servidora.

La niña, sí, digo yo. Y añado: ¿Podríamos ir a hablar a otra parte?

Dice: Vamos donde Pepé, es amigo mío.

Mientras cruzamos la calle una bofetada de calor nos azota inmisericorde. La acera es estrecha, y él echa a andar delante de mí. Lleva una camiseta de tirantes roja, de baloncesto, con un vertiginoso escote en los sobacos. El hombro es exuberante en el músculo trapecio, y en la planta baja un pantalón de chándal adidas color azul cae suavemente marcando todo lo que conviene marcar.

Cuando nos instalamos en el bar de Pepé, su amigo malí, es todo amabilidad, me retira la silla y suelta algo más sobre mi embarazo. Yo le pregunto si tiene hijos. Él compone el número cuatro con los dedos y saca del bolsillo posterior del chándal una billetera, la abre y lleno de orgullo me enseña la foto arrugada de cuatro churumbeles como chocolatinas.

Uno de ellos lleva gafas, otras dos lucen un manojo de trenzas y al cuarto le faltan los incisivos. Te dan ganas de traer al mundo unos cuantos más, siempre que salgan así.

Frank dice: Viven en Malí, allí es donde vive mi familia.

Ajá, digo yo. Y después añado: ¿Fruit los conocía?

Y él: Bueno, los había visto en foto.

Yo: ¿Y tú qué, estás casado con la madre de los chavales?

Bien sûr, estamos casados, sí.

Mmm, digo yo.

¿Qué quieres tomar?, pregunta.

Una orangina, respondo.

Hé, Pepé, file-nous deux oranginas, dice gritándome en la oreja aunque Pepé esté a un metro de distancia.

Dice: ¿Cuándo viste a Fruit por última vez?

Hé, hé, calma, calma, ique no somos de la policía, ¿no?

Yo me pongo a mirar la calle, no sé por qué pero este tipo me pone nerviosa. Digo: He visto a Janine y me ha contado que encontró un mensaje de Fruit a las diez y media, aproximadamente un cuarto de hora antes de la muerte de su sobrina.

Ohlalá!, dice el tío.

¿Qué?

Él me mira fijamente a los ojos y dice: Yo la vi aquella noche, fui a su casa hacia las siete para saludarla, le llevé un disco que estaba buscando y me marché enseguida. Estaba limpiando la casa y se puede decir que casi ni entré.

¿Y luego?

Luego me fui al rodaje de un anuncio que estoy haciendo.

¿Al rodaje por la noche?

Era una escena que había que rodar de noche.

Está bien, digo, y empiezo a beberme la naranjada. Noto que el sudor me corre por el cuello, entre las tetas y por la espalda.

He oído en la radio que hace ciento veintitrés años que no hacía tanto calor en París, dice él.

Sí, replico yo, y eso me recuerda que tenía preparadas dos o tres cosas para sobrevivir a un verano en la ciudad. Las premisas eran: poco movimiento, no dar demasiadas vueltas por ahí durante el día, calma, no ponerme nerviosa ni triste. Este verano he infringido todas mis normas de supervivencia.

Entonces, ¿la viste hacia las siete?, insisto.

Él abre las manos con las palmas hacia arriba, dice: Tengo testigos, todo el equipo de rodaje... y además ya se lo he contado todo a la policía.

Vale, digo, saco un par de kleenex y me seco un poco el cuello. Digo: Oye, ¿puedes contarme cómo era Fruit?

¿Cómo era? ¡Ah, era simpática, putain! Guapa y simpática. Pero no sabía lo que quería.

¿Por qué?, pregunto.

No lo sé, contesta, y además estaba esa relación con su tía, un poco morbosa en mi opinión...

¿Qué quieres decir con eso de morbosa?

Bueno, no hacía nada sin contárselo a Janine.

Yo no veo nada raro en eso, digo, ella la crió, y es mucho mejor que su madre.

Ah, bueno..., dice él.

Frank, yo me he hecho la idea de que Fruit era una chica fuerte, que sabía enfrentarse a sus problemas.

Claro, ¡me los cargaba todos a mí!

¿Qué problemas podía tener una chica como ella?

Bueno, estaba obsesionada con su padre. En los últimos tiempos no hacía más que hablar de eso.

¿Tras la muerte de su padre, quieres decir?

¿Eh?

¿Tras la muerte de Gilbert de Rivelange?

Qué va, hablo de su padre, del de verdad. De Rivelange fue el segundo marido de su madre.

¿Cómo que el segundo?, digo.

Frank me mira otra vez fijamente a los ojos, tiene de nuevo ese aire de príncipe que supervisa al servicio.

No sabes nada, ¿eh? ¿Qué clase de periodista eres?

Mi inquilina patalea en la barriga, y yo empiezo a sentir que me están tomando el pelo. Hace demasiado calor para que te tomen el pelo. Se me ocurre una idea absurda: me gustaría tener una pistola y apuntarle con ella o bien simplemente plantarla encima en la mesa como advertencia. Me gustaría tener algo que diese miedo a estos hijoputas de hombres. Pero me doy cuenta de que es una mierda de idea.

Explícame bien eso.

El primer marido de Irene, el padre de Fruit, es un inglés, un ex hippy, ¿entiendes?

Continúa.

Una vieja historia, me la contó una vez Janine, los hijos de las flores, las comunas... ese tipo de cosas.

¿Y Fruit qué te contaba?

Bueno, me tiré noches enteras escuchando sus historias, que si mi padre era un cabrón, un hijo de puta, que nunca se ha interesado por nosotras, que si nunca me ha buscado... Mon Dieu! A veces era como una niña. Cuando Gilbert murió, a ella le dio por buscarse otro padre. El de verdad.

¿Nunca había visto al inglés?

Él levanta un poco los hombros.

No, nunca lo había visto. Después, un día ya no quiso hablar más de eso. Cuando le preguntaba algo sobre su padres se cerraba en banda o se cabreaba. Algunas veces era verdaderamente infantil.

Al decir esto a Frank se le llenan los ojos de lágrimas, y yo siento que me derrito por dentro. Me gustaría tener otra oportunidad en mi vida. Por ejemplo, me gustaría no haberle hablado de aquel modo al hombre que amé y me gustaría no haber tenido esa idea de apuntarle con una pistola a Frank. De hecho, lo que me gustaría es un mundo de paz y amor como el que cantaba John Lennon.

Digo: Bueno, me tengo que marchar, llego tarde, gracias por todo Frank.

Me mira como si estuviera chiflada y dice: Oye, no tendrás cincuenta francos, me he olvidado de sacar dinero...

Le planto ahí el dinero y me despido otra vez. Cuando estoy en la calle se me ocurre una cosa, vuelvo atrás, él todavía está allí hablando con su amigo.

Vosotros dos estabais juntos, ¿verdad? ¿Fruit era tu novia?

Tu déconne ou qua?

¿?

A Fruit no le interesaban los hombres; nosotros éramos sólo amigos.

No me lo creo.

Pregúntaselo a Catherine Kahn.
¿Y ésa quién es?
Su agente.
Ah.
Y su novia.
Ah bon.

17

Hoy es mi primer día de vacaciones. Se pasa por casa la loca de Pauline, que me dice: ¿Te marchas?

No, contesto.

¿No-o? Pero ¿qué vas a hacer aquí con este calor? Tú estás chalada.

Me entran ganas de mandarla al diablo, pero en cambio la despacho con cierta amabilidad. Cuando me quedo sola hago todas mis cosas con calma, me preparo un buen té, luego una ducha, y vuelvo a poner el disco de Billie Holiday. Me tumbo en el sofá para leer el Teleprograma: esta noche echan el campeonato mundial de pesos pesados. El hecho de tener por delante todo un día libre y sin citas me predispone a una cierta indolencia.

Al salir al rellano percibo un pestazo brutal, la escalera está sucia y de repente me acuerdo de Hafed. El sábado no vino a casa como dijo, y no me ha devuelto los libros que le presté. Y en ese momento me parece que la vida está atestada de gente que me estafa, que no mantiene sus promesas, que se va para siempre, que me deja tirada o me da por saco.

Pero en cuanto salgo me alegro enseguida de estar en la calle, es mucho mejor que quedarme encerrada. Observo a los que pasean, pillan el periódico, hacen la compra sin atormentarse más de la cuenta. Es como si en la calle la vida normal y los padecimientos lograran una mixtura soportable. Voy a comer falafel al Baraka. Me siento a una mesa de la terraza para mirar a los que pasan atragantándose con sus kebabs y falafels.

Cuando termino voy a buscar un listín telefónico y encuentro el número de Catherine Kahn.

Me responde una secretaria con un tono de voz cálido y profundo, un poco cantarín, el tono de los africanos. No me lo esperaba, pero enseguida me pasa con Catherine. También ella tiene un tono de voz tan cálido y profundo que inmediatamente me entran ganas de conocer a una mujer con esa voz.

*

La oficina está en los Champs Elysées, repletos de turistas que pasean como locos. La secretaria que me abre la puerta es negra, alta y con los ojos almendrados, lleva un vestido con un estampado de leopardo rojo y negro y unos tacones de aguja vertiginosos; reconozco su voz, es la que me contestó al teléfono. Ante ella me siento como una mozzarella, gorda y torpe.

Me invita a sentarme en un saloncito y al cabo de dos minutos vuelve como si nada con una bandeja donde hay una flûte de un espumoso y trocitos de chèvre, brie y otros quesos de la dulce tierra de Francia. Me abalanzo sobre los quesos, bebo un poco de champán y hojeo algunos Paris Macht, Gala, Voici; permanezco un buen rato inmersa entre todos esos famosos de vacaciones en islas con palmeras y mar de color verde, veo una galería de tetas y culos bronceados, estudio a los nuevos novios de Sharon Stone, Naomi Campbell y Vanessa Paradis. Es una observación bastante personal, pero diría que sus vidas transcurren en otra galaxia.

La bella secretaria viene de nuevo a preguntarme si quiero algo más. Yo le digo que no y como me estoy conteniendo con el champán me trago otro par de trocitos de chèvre.

Cuando Catherine Kahn asoma por la puerta me sonríe con sus treinta y dos dientes pero un pelín formal. Me estrecha la mano con energía y yo la sigo a su oficina.

Aún no ha cerrado la puerta cuando me dice: Fruit me habló de usted, ¿sabe?

Vaya, esto no me lo esperaba.

Digo: ¿Qué... le ha contado...? ¿Le ha dicho que éramos vecinas?

Me siento incómoda, y empiezo a revolverme en la silla de plástico verde guisante.

Ella me sonríe de nuevo, se sienta frente a mí, tras su escritorio, sonríe a ultranza, pero empiezo a darme cuenta de que la suya es una sonrisa violenta. Tiene un cuerpo más bien macizo, musculoso, lleva el pelo rapado en la nuca y un casquete rojo cobrizo, muy propio de un peluquero enrollado. Lleva una camisa de seda gris y vaqueros desteñidos. Me parece muy glamurosa.

Se levanta de la silla y se pone a andar a grandes zancadas por la oficina. Me dice: ¿Qué quiere saber de mí?

Digo: Estoy intentando averiguar algo sobre Fruit.

Dice: ¿Por qué cree que puedo ayudarla?

Está cargada de una energía tal que casi podría parecer brutalidad. Me la imagino capaz de sentir las cosas de manera muy intensa. Estar cerca de ella me libera. Digo: He visto a Frank Touré, me ha contado que estabais muy unidas.

Vale, ya caigo, dice ella.

¿Cómo?

¡Ese imbécil! ¿Qué sabrá de nosotras?

Hace ya tiempo comprendí que en las relaciones con los demás hay que respetar ciertas reglas. Es cierto que la elección de tales reglas puede ser algo bastante arbitrario, pero en general deben respetarse, más que nada para mantener una línea de conducta. No se puede entrar en la vida de los demás como un idiota. Observo a Catherine y la veo poderosa, lo suficiente como para no tener miedo de amar ni de ser traicionada. Es de las que sabe mantener la sangre fría. Sé que puedo preguntárselo, así que le suelto: ¿Qué es lo que te gustaba de ella?

La amaba, punto.

Tenía que tener algo que te indujo a escogerla a ella. Algo distinto a las demás.

Ella pasea los ojos un poco a su alrededor, como quien piensa que es inútil explicar algo tan evidente. Dice: ¿Qué es lo que había en ella? Era joven, y nunca había sufrido. Es algo que se nota enseguida en las personas, que se siente en la piel. Era como tocar la esperanza con las manos.

Hace una pausa. Vuelve a hablar: Era una sensación que casi se podía respirar cuando estabas a su lado.

Joder, me gusta cómo habla esta mujer, me gustaría quedarme escuchándola durante días.

Sigue: ¿Quiere saber lo que más me gustaba? Me gustaba la forma en que me hacía sentir cuando estaba con ella. Yo le puse su nombre, ¿sabe? Mira por la ventana, aprieta un poco la mandíbula y afirma: Era una chica increíble.

18

Entonces Catherine hace un gesto extraño, se frota las manos como diciendo yo ya he terminado.

Digo: Me gustaría que me contara más cosas.

Ella se planta con las manos apoyadas en la mesa, y yo me siento incómoda allí sentada.

Dice: Pero yo no quiero contarle nada más y hay gente que está esperando.

Digo: Yo también he esperado.

Lo siento, dice ella, pero ya no quiero hablar más.

Es una mujer fuerte y peligrosa, pero yo no me levanto de la silla, apoyo una mano en la barriga y espero alguna otra reacción. Luego digo: ¿Cuándo vio a Fruit por última vez?

Ella me asesta una mirada letal y dice: Oiga, ¿por qué no se vuelve a casa a esperar tranquilamente a su maridito para la cena? ¿No se enfada si se entera de que va por ahí haciendo preguntas sobre sus amiguitas muertas?

En ese instante hace algo que me deja anonadada: se pasa el pulgar por los labios. Dura sólo un segundo, pero se trata del mismo gesto de Jean-Paul Belmondo en A bout de souffle.

Y digo: No voy a irme a casa, y no hay ningún maridito que vuelva a la hora de cenar.

Debió de gustarle la respuesta. Se endereza de golpe y pregunta: ¿Fecundación artificial?

Como si lo fuera, respondo.

Vuelve a sentarse de repente.

Dice: Hacía un par de semanas que no me veía con Fruit, las cosas iban algo mal entre nosotras.

Digo: ¿Dónde estaba la noche que murió?

Dice: Cariño, ese tipo de preguntas sólo se las contesto a la policía.

Digo: Vale.

De todas maneras, fui a una Girlspotting y estuve allí toda la noche, hasta las cinco.

¿Girlspotting?, pregunto.

Sí, dice ella, ¿nunca has estado en una?

Yo le indico que no y permanecemos en silencio un rato. Luego ella pregunta: ¿Qué sabe sobre la muerte de Fruit?

La policía dice que se trata de un suicidio. He conocido a su tía, y ella no cree en el suicidio.

Catherine abre de repente un cajón de su mesa y durante una décima de segundo mi cabeza va al galope, el corazón acelera sus pulsaciones y me digo que me estoy volviendo paranoica de verdad.

Saca un sobre de papel, revuelve dentro y extrae un par de caramelos con sabor a fruta, de esos de goma, aromáticos y cubiertos de azúcar.

Se mete los dos en la boca y con su mejilla hinchada como por un flemón repentino me dice: Si es por eso, yo tampoco me creo lo del suicidio. Fruit era la última persona de la tierra que haría algo así.

Se balancea un poco hacia adelante y hacia atrás en el sillón como si fuera una mecedora, me observa de nuevo y, súbitamente, golpea con las dos manos los brazos del sillón, pulsa el interfono y dice: Sylvie, que pase Patrick. Parece una forma definitiva de librarse de mí.

Cuando estoy en la puerta hablo de nuevo: Una cosa más, Catherine, ¿qué puede decirme del verdadero padre de Fruit, el inglés? ¿Es cierto que Fruit lo estaba buscando? ¿Había conseguido encontrarlo?

En voz baja, casi con amabilidad, dice: Váyase, salga de aquí si no quiere que la tire escaleras abajo.

A pesar de todo, estoy segura de que no me odia.

Mientras recorro el pasillo me cruzo con Patrick Bissel, el culo más bonito de la canción francesa. El tío tiene legiones de chiquillas que babean por él. Cuando digo que babean quiero decir que lloran, gritan y se arrancan el pelo en sus conciertos.

Visto de cerca, con la barba un poco crecida, los ojos de pescado hervido y una camiseta blanca arrugada tiene la pinta de alguien que acaba de levantarse de la cama, se ha zampado una tortilla de dos huevos y llega a la cita sin haberse lavado siquiera la cara. No me parece que sea para tanto como sex symbol.

19

Ya en la calle paso ante una cabina y me domina un impulso. Marco el número, y al oír la voz de Irene de Rivelange, voy al grano: No me había dicho que Fruit no era hija de Gilbert de Rivelange.

Espero oírla tartamudear, espero sentir su incomodidad o su miedo. O que me diga que quiere denunciarme y que me ocupe de lo mío. En cambio no hace nada de eso. Madame de Rivelange me responde con cierta calma y bastante distancia, dice: No veo por qué debería explicarle nuestros asuntos privados.

Fruit buscaba a su verdadero padre, digo ahora con cierta vehemencia sintiéndome como una justiciera en una peli de Takeshi Kitano.

Dice: ¿Quién se lo ha dicho?

No quiero que Frank Touré intervenga y digo: He visto a su hermana Janine.

¿Ah sí, eh?, dice ella algo nerviosa. Pero esa estúpida no se lo ha contado todo.

¿El qué?, pregunto yo notando un picor en el pelo. La cabina se está transformando en un horno y estoy empezando a asarme.

No le ha contado que aunque no fuese su padre para mi marido ella iba antes de todo lo demás, que sólo contaba ella. Se le ha soltado la lengua de repente, y sigue ametrallando: Fruit lo toreaba como le daba la gana, con su carita de ángel y todas sus zalamerías. Claro que yo no podía competir.

Me digo que quizás Irene de Rivelange esté todavía en estado de shock, porque la mierda que arroja sobre su hija pertenece al mundo de los cuentos de hadas... la bruja fea y mala, etcétera. Aunque también es posible yo no entienda un carajo a la gente.

Cuando termina la conversación cuelgo y marco el número de Pauline, porque necesito hablar con alguien. Le digo: Acabo de hablar con la madre de Fruit, es un ser alucinante.

Ella dice: ¿Y qué?

No puedo creer que una madre odie tanto a su hija.

Pauline dice: Oooohh, no tengo ganas de pensar en esas cosas, me dan náuseas.

Ahora noto que tiene la voz pastosa y vacilante. Son las cinco de la tarde y ya debe de haber empezado a beber a saco.

Digo: Mira, como si no hubiera dicho nada.

Dice: Sabes, la cuestión es que en este mundo hay madres que matan a sus hijos, otras que los odian, que les pegan, que los usan como objetos, o como un vertedero de basura. Existe un amplio catálogo de madres horribles, ¿sabes?

Entonces servidora piensa si le podría suceder también a ella, quiero decir, ser una madre horrible para su hija. En aquel momento esperaba que la interesada mandara alguna señal. Nada de nada, empezamos bien.

Pauline dice: ¿A que estás pensando que te podría pasar también a ti?

No, es que... sabes, nunca había oído a una madre hablar así de su hija.

¿Tú no?, pues yo sí.

Sobre todo si su hija está muerta.

¡Ah! En eso a lo mejor te doy la razón, dice, y me despacha rápidamente como si tuviese algo quemándose en el fuego.

20

Ya le he dicho que Irene ha sufrido mucho, no tiene que hacer caso de lo que le dice, y menos aún de cómo lo dice.

Hoy Janine ha venido a buscarme a las cuatro y vamos al Bois de Vincennes. Nos compramos dos polos sabor coca-cola en el chiringuito de los helados y nos sentamos en un banco a la sombra cerca del lago. Se ha puesto un vestido claro, está bronceada y tiene la cara un poco más desinflada que la última vez que nos vimos. Se comporta como si fuéramos amigas.

Observamos a las familias africanas y árabes que pasean en barca por el estanque, hacemos algún que otro comentario y lo pasamos bien. Hoy Janine está relajada, casi contenta. Me ha llamado por teléfono varias veces esta semana, tal vez porque se siente sola o porque yo conocía a Fruit, tal vez espera que haga algo por ella. Y eso me incomoda. Me vuelvo hacia una pareja de japoneses que se han tumbado en la hierba, miran el cielo y callan. Luego me dirijo a Janine: No me dijo que Gilbert de Rivelange no era el padre de Fruit.

Ella se pone roja como un pimiento, me mira como quien mira a un marciano y balbucea: ¿Q-qué?

¿Por qué no me dice la verdad?

¿Quién se... se lo ha contado?

Yo no le contesto, pero digo: Me he enterado de que es inglés, ¿dónde vive ahora?

Ella vuelve la cabeza, yo me quedo mirando su nuca y parte de la oreja. Dice: Cuando yo era niña, Irene y yo vivíamos en una comuna, en el sur de Francia.

Ahora soy yo la que pone unos ojos como platos. Digo: ¿Qué?

Era una especie de granja, dice Janine y hace una pausa.

Continúe.

Teníamos incluso cerdos. Y vacas, plantábamos tomates, patatas...

Tomates y patatas, ¿eh?, repito yo. Esta Janine ha conseguido sorprenderme.

Eran los años setenta, era una época un poco distinta, ¿sabe...?

Yo: ¿?

Ella: Se hacían las cosas de forma distinta y...

¿Y...?, digo yo, que preferiría mirarla a la cara.

Nick era un chico inglés, y se casaron, con Irene quiero decir; es él, sí.

Formular discursos inteligibles no es su punto fuerte, francamente. Digo: ¿Es él el qué?

El verdadero padre de Fruit, claro. Y se vuelve para mirarme.

¿Nick qué más?

¿Eh?, dice ella.

¿Tendrá un apellido ese Nick?

Ah, sí, se llama Durrell.

Nick Durrell, repito yo.

¿Lo conoce?

¿Por qué habría de conocerle?

Ella: ¿?

Digo: ¿Fruit le estaba buscando? ¿Se habían visto?

¿Eh?, dice ella.

¿Tenían que verse?

Ella abre otra vez unos ojos como platos.

¿Quiénes?

Nick y Fruit, digo yo.

Bueno, Nick ni siquiera vino al funeral. Le mandamos un telegrama, teníamos su vieja dirección.

¿De dónde?

De Londres.

¿Vive en Londres el tal Nick?

Creo que sí, dice, se encoge de hombros y sonríe triste, como pidiendo disculpas al mundo por estar ahí.

Yo empiezo a cabrearme de verdad, pero quiero sacarle algo. Digo: ¿Así que vivíais en una comuna, eh? Bueno, tengo que reconocer que me cuesta imaginarme a Irene de Rivelange con faldón largo y zuecos.

No debo de parecer muy simpática mientras digo eso; es más, no quiero parecer en absoluto simpática. No quiero que piense que somos amigas. No lo entiendo, pero Janine me irrita cada vez más, me desconcierta, me confunde y además sé que no me dice la verdad. Continúa hablando con la esperanza de que me lo crea. Dice: Nick tenía algo de dinero, lo tenía su padre, quiero decir, y él lo heredó, así que compró esa casa en el campo, en el Midi, ¿entiendes?, se hizo hippy y después llegó más gente, casi todos hippies.

Ah, digo yo.

Así fue la cosa. Era una comuna, ¿entiende?

Digo: Sí, aunque me resulta extraño imaginarme a su hermana como una hija de las flores.

¡Uf!, dice ella y hace aspavientos con las manos como diciendo: no es tan raro.

Pero usted era muy joven, ¿no?

Yo tenía doce o trece años.

Nos quedamos un rato en silencio, ella arranca una hierba y se la enrolla alrededor de un dedo. Yo empiezo a estar harta de Janine, tiene algo dentro que me incomoda. Es un dolor que emana de ella como un hedor. Preferiría estar sola para disfrutar en paz del parque, del lago y de todo lo demás. No puedo más, me levanto, pero le hago otra pregunta: ¿Fue dura para Fruit la muerte de De Rivelange?

Él la quería de verdad, se llevaban muy bien; en el fondo eran parecidos.

¿Parecidos?

Bueno, Gilbert no tenía un carácter fácil, y los dos eran un poco asociales y se entendían, ¿entiendes?

Para usted todos son bellísimas personas, ¿eh?

Ella: ¿?

He visto a Catherine Kahn, digo.

¡Ah, Catherine!

¿La conoce bien?

Catherine ha tenido una vida dura.

¿Se llevaban bien ella y Fruit?

Sí, hace tiempo que mantenían una relación.

¿Fruit le hablaba de Catherine?

Sí, sí, Fruit me lo contaba todo, siempre me lo contaba todo..., hace una pausa. Se levanta, y mirándose la punta de los pies dice: Pero, sabe, lo malo es que yo nunca me he acostumbrado a ese tipo de cosas...

¿A qué tipo de cosas?

Bueno, a las relaciones entre personas, a las historias de amor, para entendernos.

Juro que Janine es la persona más alucinante que he conocido nunca.

21

Son cerca de las siete cuando regreso a casa, y el olor de la escalera me da un poco de asco. No entiendo dónde se ha metido Hafed. Me iría a hablar con la portera pero después de pasar una tarde con la loca de Janine mi moral está por los suelos, no me apetece hablar con nadie y tengo la clara sensación de que mi vida se va a la mierda, de que mis días son un delirio y de que estoy perdiendo la cabeza con esta historia. Tal vez por eso cuando suena el teléfono me alegra escuchar la voz de Krasicki, el madero, que me devuelve a la realidad, me pone los pies en el suelo y me infunde fuerzas para resistir hasta el final este verano alucinante.

Cuando me pregunta cómo me van las cosas yo aprovecho, me tomo un tiempo, le doy algunas vueltas y después, como quien no quiere la cosa, digo con un tono tan neutro como me resulta posible: Ah, ¿sabes que en la rue Keller han abierto un nuevo restaurante marroquí? ¿Qué te parece? ¿Nos acercamos? Más que nada para que me dé un poco el aire, ¿eh?

Estamos a la luz de velas aromáticas, entre cojines de colores y alfombras bereberes, envueltos en el olor de las especias y de los tajines humeantes. Los tres camareros son tan guapos que parecen de mentira, tienen la piel oscura, suave, llevan túnicas ligeras, holgadas, de manera que ocasionalmente queda al descubierto parte de los hombros, la espalda. Mi imaginación se desata.

He despachado un tajine de cordero con ciruelas, caviar de berenjena, y ahora me abalanzo sobre una tarta de higos. Krasicki come poco, más que nada le pega al vino tinto argelino. Se relaja de verdad, la velada se desenvuelve tranquila y él pierde poco a poco su aire de policía para transformarse ante mis ojos en un pedazo de tío cuyas manos y labios me gustaría sentir por todas partes.

Nos ponemos entonces a hablar de Fruit. Ha sido él, porque yo no tengo ganas de pensar en Fruit esta noche. Aun así le cuento lo que he conseguido averiguar. Dice: Te estás empleando a fondo en lo de esa chica, ¿eh?

Sí y creo que soy la única que lo hace, pienso, pero no digo nada porque no me apetece arruinar esa gran energía que circula entre nuestros cuerpos. No está nada mal estarme aquí sentada disfrutando de la leve borrachera que me da cuando estoy cerca de alguien que me gusta. Me dejo ir con su voz, empiezo a imaginar todo lo que quiero y además me gusta sentir cómo se me encoge el estómago de deseo. Algunos hombres, cuando se ponen, me hacen perder la cabeza.

¿Puedo pedirte un favor?, pregunto.

Lo que quieras, dice él mogollón de encantador.

¿Puedes localizarme a ese tal Nick Durrell? Quiero pasarme por Londres y... Bueno, como ahora tengo un montón de tiempo libre me voy por ahí una temporada.

Dice: No me digas que vas a Londres tras esta historia.

Digo: Bueno, joder, que estoy de vacaciones.

Él: ¿Y lo de la playa con palmeras?

Yo me encojo de hombros, luego levanto mi vaso que está casi vacío, y él me sirve. Después llena el suyo, me mira a los ojos y dice: ¿No será que esta historia se está convirtiendo en una obsesión?

Susurrando entre dientes, y en italiano, le digo: Affanculo!

Él: ¿Eh?

¡Venga ya!

¿Vas a decirme por qué es tan importante para ti esta historia? ¿Ni siquiera estás escribiendo sobre ella, no?

No, no estoy escribiendo nada al respecto, contesto yo.

¿Ni siquiera si descubres algo gordo?

No, ya lo sabes que no puedo, soy una mamaíta a punto de alumbrar a un monstruito.

¿Entonces?, pregunta con ojos inquisitivos.

No me apetece volver a tocar esa tecla, hincho un poco los carrillos, arqueo las cejas como hacen los franceses y digo: ¡Uf!

Dice: ¿Cómo que uf?

Mierda Krasicki, esa chica me gustaba y siento que tengo que hacer algo por ella. O a lo mejor es sólo que no sé qué coño hacer, no tengo que trabajar, me siento sola, y tengo un miedo de la hostia al pensar que dentro de poco traeré al mundo a otra desgraciada.

¿Desgraciada? ¿Por qué?, dice él.

Yo no respondo y sigo a mi bola: ¡Hostia, que voy a traer una vida al mundo!

¿Y qué?

Pues que quiero encontrar algún motivo para decirme que vale la pena.

Dice: No grites.

Digo: Quiero hacer las cosas a mi manera, ¿lo entiendes?

Muy bien, replica.

Quiero ir a ver por dentro toda esta mierda.

¿Qué mierda?, pregunta.

La que hay por ahí, y la que llevo dentro.

Él se queda callado y yo me digo que he hablado demasiado y que tal vez estoy un poco borracha. Pero qué coño, me gustaría que él también se abriera un poco, este cabrón con toda esa carne que tiene. Trago un poco más de tinto y digo: Tú por ejemplo, ¿por qué te dedicas a este trabajo de mierda? ¿Cómo es que disfrutas chapoteando en el fango, eh?

Ah, bueno, yo lo que quiero es que el bien triunfe sobre el mal, dice y sonríe a medias como como diciéndome que sólo bromea y que en realidad no le importa un pimiento, que es un trabajo como cualquier otro y que ha visto demasiadas cosas como para hacerse ilusiones. No vaya a pasar por gilipollas.

Digo: Anda échame un poco más de vino, y no seas capullo.

Dice: Esta noche estás pasada de rosca, ¿eh?

Yo: Déjalo correr.

Es que aquí hay algo que no funciona, dice él tocándose la cabeza.

Sí, debe de ser un defecto de fábrica, le digo.

Se echa a reír y me sirve un poco más de vino, pero sin exagerar. En ese instante yo aprovecho la atmósfera un poco alterada y alargo mi mano bajo la mesa, deslizándola sobre su muslo porque me apetece palpar su pierna algo maciza y musculosa. Si esta noche no me lo follo, me como la pata de la mesa. Mientras pienso en esto me digo que quizá follar con un madero no es lo más, pero la verdad es que nunca me he echado atrás cuando toca remover las aguas turbias.

22

Paso la noche en casa de Krasicki y ahora, a las ocho de la mañana, lo observo dormir a mi lado. Tiene el rostro distendido y tranquilo como un bebé, y noto algo por dentro que me provoca una ligera ansiedad. Porque si lo que siento no es exactamente felicidad debe de parecérsele bastante. No es cosa mía, es una especie de energía que pasa junto a mí, pasea por la habitación, y también por fuera, como una música, por hacer un símil. Intento sentirla tanto como puedo y retenerla un poco. Me quedo tumbada mirando el tejado de la casa de enfrente y las ramas del árbol que veo por la ventana. Sin desear nada más, tratando de no desear que termine para siempre ni de repetirlo otra vez. Pero hostia, no es fácil, porque no me apetece dejar escapar a esta cabrona de felicidad, es más, para ser sincera, desearía sentirme justamente así, siempre así por el resto de mis días. Despertarme con el cuerpo de este hombre junto al mío, pasarle los dedos por el pelo y follármelo todas las noches de mi vida como anoche.

Y precisamente para cortar con ese enfoque me levanto, me extirpo de la cama y, después de darle un ojeada general por última vez y un par de besos, salgo.

Joder, no quiero desvariar de esta manera ahora, me he tirado mogollón de tiempo entrenándome para estas cosas. Me refiero a procurar no quedarme colgada en estos momentos de felicidad. Si hubiera un deporte así en las olimpiadas, fijo que pillaba la medalla de oro.

Cuando entro en mi portal me llega enseguida un olor a limpio; en el rellano hay un tipo alto y gordo limpiando, que por detrás no está nada mal. Lleva un walkman en las orejas, así que me aproximo y le golpeo ligeramente en la espalda. Digo: Bonjour!

Él se vuelve de golpe, tiene una barba pobladísima, ¿cómo la soporta con este calor? Se inclina un poco hacia mí. Dice: Bonjour.

Pregunto: ¿Y Hafed? ¿Ya no viene Hafed?

Ya, dice.

¿Pero se ha marchado? ¿Qué ha pasado?

Creo que se ha ido, dice el tío.

¿Pero cuándo?, insisto. ¡¿Menuda manera de hacer las cosas?! ¡Se va sin pasar siquiera a despedirse!

El tío se encoge de hombros como diciendo lo siento pero me importa un huevo.

Yo me encamino por el suelo fregado intentando no resbalar, luego me vuelvo y digo: ¿Y tú cómo te llamas?

¿Yo? Rachid Mamouni, contesta.

Vale, adiós Rachid.

Adiós, dice él, sin excesivo entusiasmo.

Mientras entro en casa me despido mentalmente de mis libros. Estoy a punto de sacarme de la chistera una teoría sobre la volubilidad del género hombres, pero es una idea demasiado siniestra para detenerse en ella esta mañana.

23

La voz amable y falsa de la azafata dice que estamos aterrizando en el aeropuerto de Heathrow, que el cielo está nublado y que en Londres hay una temperatura de treinta y dos grados.

Doy algunas vueltas por el aeropuerto y quince minutos después encuentro la dirección correcta del metro. Tomo la línea de Piccadilly y me siento, estoy de bastante buen humor gracias al nuevo paisaje de caras blancas, negras y marrones que me rodea. Antes de salir me compro una guía de Londres para todos los bolsillos, la abro por el apartado de los hoteles y empiezo a deslizar el dedo índice arriba y abajo por las páginas. Primero los hoteles de cuatro estrellas, veo los precios y bajo un poco hacia los de dos estrellas, luego los de una y al final me precipito hacia los que están señalados con una E mayúscula que significa económicos. La cosa es que éstos con la E están todos a tomar por culo, y si la dirección que me ha dado Krasicki es correcta el tal Nick Durrell vive en el Soho. Entonces me digo que es inútil y deprimente ir a parar a la periferia, elijo un hotel de una estrella, bastante céntrico, que se llama hotel Ruskin y está en Montague Street, a dos pasos del British Museum, dice mi guía.

Mientras el metro atraviesa la campiña inglesa echo un vistazo al cielo desteñido y a los rostros indígenas. Al cabo de media hora nos metemos bajo tierra y cambia el paisaje humano. En Piccadilly Circus empiezan a subir chicas con el pelo verde, naranja, azul, maquilladas como locas, todas con zapatos de plataforma de unos diez o quince centímetros. Dos tías se sientan frente a mí y la del pelo azulón de punta pone caras raras, habla unas veces con su voz normal y otras en tono distinto, como si estuviese imitando al ogro de los cuentos borracho. Por lo que llego a comprender está hablando de su novio. Cuando llegamos a Russel Square estoy de buen humor, me preparo para bajar y pienso que en pocos minutos podré tumbarme en una cama, darme una ducha y quedarnos tranquilas mi barriga y yo.

Siguiendo la corriente de la multitud me dejo llevar hacia la salida. Llegamos a los ascensores y hay un gentío de la leche. Pregunto qué ha pasado y un tío gordote de mejillas rojo púrpura me dice que se han estropeado los ascensores. ¿Y entonces?, pregunto yo. Hay que subir por las escaleras, contesta angustiado.

Bueno, tampoco es para ponerse paranoico por un par de escaleras, me digo.

Las escaleras son de caracol, de hierro fundido, angostas y empinadísimas. Arranco con mi bolsa de viaje y todo lo demás mientras me arrastra una riada humana que va en ambas direcciones jadeando, empujando y jurando en idiomas varios. Tengo hambre, empieza a hacer calor de verdad y me entran ganas de ponerme a gritar.

Cuando consigo salir me pitan los oídos, estoy atontada y me entra miedo de marearme. Pero aguanto, saco mi mapa y enseguida encuentro Montague Street. No es una calle larga y nada más llegar distingo dos hoteles pequeños y coquetos, uno frente a otro. Me pregunto cuál será el mío.

Lo compruebo, pero se da el caso de que ninguno de los dos se llama hotel Ruskin. Recuerdo mi reserva telefónica, pienso en que ya me han retirado el dinero de la tarjeta de crédito y estoy casi segura de que me han timado. De todas formas decido recorrer toda la calle, hasta el final, más por desesperación que por optimismo.

Justo al final de la calle veo una puerta pequeña de madera de color marrón caca y una diminuta placa de hierro medio oxidada donde apenas se lee hotel Ruskin. Me pregunto por qué le habrán puesto el nombre de un tipo tan refinado a un lugar así.

La mujer que me viene a abrir es enorme y lleva una bata lisa y algo grasienta por delante. Hace tiempo que dejó de preocuparse por el cuidado de su pelo. Detrás de ella trota un zagal de unos dos o tres años bien entrado en carnes y criado según las mismas pautas higiénicas de la mujer.

La tía empuña en la mano izquierda una especie de crêpe gelatinosa rellena de mermelada roja. El pequeño deja escapar un grito: parece que el chaval está igualmente interesado en la crêpe. La mujer se libera entonces definitivamente del problema con dos bocados terminales, el pequeño se pone a chillar como un animal degollado. Yo me presento y le menciono mi reserva. La mujer profiere con señorío: Andrew! Would you be quiet, please!, y se dirige hacia una mesa de formica, revuelve un cuaderno marrón lleno de lamparones y huellas digitales, se lame el pulgar y el índice y, dándole la vuelta al cuaderno y empujándolo hacia mí con notable fair play, como si estuviéramos en el Savoy, dice finalmente: Would you be so kind to sign the register?

24

Andrew pasa el umbral que separa un grito infantil de un ultrasonido. Yo me catapulto en el ascensor que es estrechísimo y chirriante. Desembarco en un pequeño pasillo de paredes empapeladas de un color amarillo vómito, abro la puerta de mi habitación y enseguida me doy cuenta de que falta algo. Algo fundamental. Al menos para servidora: el retrete.

Vuelvo a leer mi guía. Dice: Hotel Ruskin, habitaciones amplias junto al British Museum. La habitación es tan grande como el cuarto de baño de una casa de muñecas, pero es cierto que da al ala lateral del British Museum. La de grandes ventanas lúgubres con rejas carcelarias.

Me lavo la cara y el cuello en el lavabo liliputiense, me echo en una cama con un colchón blando como la mantequilla y estiro el brazo para telefonear a mi hombre, Nick Durrell. Dejo sonar el teléfono sin obtener más que tonos de llamada. Son las tres, estoy cansada pero también hambrienta. Decido ponerme en marcha.

Cuando salgo saludo al pequeño Andrew, que ha recuperado la paz espiritual. Está despanzurrado sobre uno de los dos sillones rosa sucio que deberían acoger a los clientes del hotel. Entre las manos sostiene un muslo de pollo grasiento, que devora con cierta avidez. Seguro que de mayor será un hombre apasionado.

Fuera hace sol, paso ante el British, tomo Bloomsbury Street, llego a Oxford Street y entonces me mezclo con la masa enloquecida, con el tráfico infernal, sacio mi vista con las tiendas llenas de porquerías inútiles, con los anuncios de colores, los autobuses rojos y los taxis negros. Me abandono a mi éxtasis metropolitano sin notar ya las fronteras que me separan de los demás. Yo soy ellos, soy las chicas negras de grandes tetas y culos, las chicas blancas anoréxicas de pelo violeta, las viejecitas con sombreritos en la cabeza, y los turistas alemanes, los rastas con trenzas, los punkis con anillos en la nariz, en las cejas, en el culo, los yonquis que piden dinero, los borrachos tirados en las esquinas de las aceras, y los locos que hablan solos...

Cuando avisto un pub me cuelo dentro, me pongo en la barra y pido cerveza, filete y kidney pie, un clásico. Mientras me restauro pienso que me quedan algunos días por pasar así y la cosa no me desagrada.

Vuelvo a telefonear a Nick Durrell desde el pub. Esta vez salta el contestador automático. Una voz de hombre muy cálida y sexy dice que Kristy Hand y Nick Durrell no están en casa pero que quien lo desee puede dejar un mensaje. Yo estoy indecisa sobre si jugar con el efecto sorpresa o decir algo. Decido dejar las sorpresas para otra ocasión y digo que soy una amiga de Irene de Rivelange y de Janine y que tengo que decirle algo. Luego dejo el número de teléfono del Ruskin y me embarga el presentimiento de que lo que estoy haciendo es totalmente inútil.

Después de la comilona decido ir a echar un vistazo a la casa del tal Nick. Me encamino por Regent Street, llego a Piccadilly y allí, gracias al prodigioso mapa AZ London, encuentro Archer Street. Al número 5 le corresponde una casita de dos plantas con un portal azul. Le echo una ojeada al timbre, hay dos placas. En una pone K. Hand y N. Durrell y en la otra D.

Wassermann. Decido llamar, hala. Espero un poco, no ocurre nada de nada. Vuelvo a llamar y vuelvo a esperar, a la mierda. Me pego al timbre pero nadie da señales de vida. Me siento en los escalones de la entrada, tengo una sed terrible. Permanezco allí un rato sin saber qué hacer. De repente me siento harta y fatigada y además siento náuseas y las piernas me pesan. El portal se abre y asoma una viejita con la carita redonda y el cabello estilo madeja, además lleva atado a un horroroso can diminuto, típico de las viejecitas inglesas. Me saluda, yo también. Dice: ¿Busca a alguien, querida?

Oh, sí, claro que busco a alguien, busco a Nick Durrell.

Ohhh... mister Durrell! Es una persona tan tan amable..., dice la tía y se queda en trance varios segundos, con los ojos mirando al vacío y una sonrisa que se larga por su cuenta.

Intento bajarla nuevamente a la tierra. Digo: ¿No sabría dónde puedo encontrar a esta hora a mister Durrell?

¡Ah! Está muy ocupado, ¿sabe? Y también la señorita Kristy. ¡Trabajan tanto!

Sí, pero yo tengo que decirle una cosa muy importante, se trata de su hija.

Ah, no he visto nunca a su hija, nunca me ha dicho que tuviese una hija. Otra vez se le va el santo al cielo, luego dice: La señorita Kristy vuelve siempre muy tarde.

¿Cómo de tarde?, pregunto.

Por la noche, tarde. Es cantante, ¿sabe?

Entiendo. ¿Y él, el señor Durrell?

Ohhh... mister Durrell es un hombre tan amable...

Está bien, lo he pillado, me digo mientras el chucho asqueroso se pone a mear a mi lado, casi a mis pies. Así que me levanto, echo un vistazo a mi alrededor y decido apostarme en el bar de enfrente.

Se llama Bar Cod y tiene unas luces rojas muy tenues, silloncitos de terciopelo negro, tubos metálicos recorriendo el techo, ambiente tipo Alcatraz. La voz de Gloria Gaynor canta I will survive, y lo interpreto como una buena señal. Pido una coca-cola y me siento, me noto un poco rara, como si estuviese a punto de darme fiebre. Hace calor, pero siento escalofríos por la espalda. Me imagino ingresando en urgencias de un hospital en esta ciudad donde no conozco a nadie, encima me he dejado los documentos en el hotel. Me imagino que todo acaba fatal.

El barman es una especie de muñecote como un amasijo de músculos, lleva una camiseta adherente color amarillo y naranja y tiene cuerpo de culturista. Luce un piercing en la ceja derecha y otro en la oreja izquierda. Dice: ¿Te encuentras bien?

Digo: Me siento un poco débil, quizá tenga fiebre.

Dice: Prueba esto, y me sirve una lata con letras fosforescentes.

Smart drink, apunta.

¿Qué lleva?, pregunto.

Dice: Hierbas energéticas, tómatelo, te sentirás mejor.

Leo los ingredientes, dice quina, ginseng, aloe, mezcal, cafeína más una docena de vitaminas A, C, B1, B2, etcétera.

Se llama Supersmart, dice el tío, es la más floja del mercado. Si quieres te pongo otra de las que preparo yo, y me guiña un ojo. Empiezo a tragar aquello.

25

Hace casi cuatro horas que vigilo, y en la casa de enfrente no ha pasado nada. La viejecilla del perro regresa casi enseguida y, a partir ese momento, calma chicha. El Bar Cod, en cambio, empieza a animarse con una fauna gay plumífera. De momento soy la única mujer aquí sentada. Pero he trabado amistad con el barman, es muy friendly y se interesa constantemente por mi estado y luego me pone una cocacola o un café o cualquier otra porquería de las que él prepara.

Cada vez que ingiero un smart drink me siento bien, pero poco después me noto rarísima, como hundida de repente, como si flotase por encima de las cosas. Además resulta que al mirar a la gente los veo rodeados de alerones multicolores, quizás estoy aprendiendo a ver el aura de las personas, o a lo mejor es que estoy lista para el manicomio y mi maestra de primaria tenía razón al decir que antes o después acabaría mal. Estoy segura de que he pillado un virus mortífero.

A partir de la medianoche el local entra en efervescencia, hace un calor mortal y estoy rodeada de parejas de hombres que se cortejan, se abrazan y se morrean, qué suerte la suya. Yo me quedo anclada a mi smart drink y sigo vigilando la calle. Tengo la sensación de que podría quedarme aquí toda la eternidad, que no conseguiré hacer otra cosa en mi vida que permanecer clavada aquí tragando bebidas alucinógenas.

Son cerca de las dos cuando se acerca al portal una chica rubia y altísima. Me precipito fuera y la alcanzo... Por suerte se mueve lentamente sobre sus vertiginosos tacones de aguja. Saca unas llaves y me acerco, digo: Perdone...

Se vuelve con toda calma, me observa de arriba abajo y yo hago lo mismo. Lleva un body negro brillante y una camisa plateada. Debajo: minifalda de piel negra. Debajo de la minifalda: medias de red. Está bastante bien, pero algo escasa de tetas. Debe de llevar como media docena de capas de base de maquillaje, rímel y sombra. Miro las pestañas postizas, larguísimas, y tengo la sensación de que van a transformarse en alas de pájaro; estoy ida del todo. Digo: Creo... creo que me estoy mareando.

Oh my God, dice ella.

Digo: Buscaba al señor Durrell.

¿Y tú quién eres?, pregunta recelosa.

Digo: Soy amiga de Janine y de Irene de Rivelange.

La rubia me dedica una leve sonrisa. Entendedme, no demasiado cálida, no, pero tampoco hostil. Le echa un vistazo suplementario a mi barriga y dice: Bueno, más vale que entres, Nick va a llegar a casa de un momento a otro.

Gracias, digo, y pregunto: ¿Tú eres su novia?

¡Oh!, dice, agita un poco la mano y añade: No... vivimos juntos desde hace muchos años pero no nos consideramos pareja. Somos muy liberales, ¿sabes?

Ah, sí, claro, digo yo intentando dar con el tono desenvuelto.

La casa es pequeña, de dos pisos, con escaleras muy empinadas. Ella se quita los zapatos de tacón con un suspiro de alivio. Empieza a pasear descalza y me pregunta si quiero tomar algo. Una coca, digo, pero lo pienso mejor porque me parece sentir un pequeño chasquido en la cabeza. No, tal vez agua mineral.

26

Kristy me acerca un vaso redondo, mientras se prepara un vodka con tónica y remueve los cubitos de hielo.

Dice: Si no es indiscreción ¿podría saber qué es lo que quieres de Nick?

Tengo que darle una mala noticia; se trata de Fruit.

¿Fruit?

Sí, creo que él no lo sabe aún.

¿El qué?

Está muerta.

Mmmm, musita ella sorbiendo su vodka. Luego añade: Ven conmigo, así termino de cambiarme y nos ponemos más cómodas.

Me lleva a su cuarto, se sienta ante un tocador años sesenta y empieza a quitarse los ligueros y las medias de red. Luego se acerca al espejo y empieza a estudiarse las patas de gallo alrededor de los ojos, pone una expresión de irónica repugnancia y dice: ¡Ah, envejecer es un asco!

Empieza a revolver en su neceser y saca crema limpiadora, tónico, desmaquillador de ojos, algodón y una cinta elástica para el pelo. Lo dispone todo frente a ella con un orden propio de consulta de dentista, procede con las pestañas y me pongo a mirarla boquiabierta. Se quita una y la pone en una cajita, luego se quita la otra y yo me quedo embobada contemplando las pestañas en la caja. Tienen un aire siniestro. Ella se vuelve y me mira sin sus prótesis alucinantes y dice: Ay, Dios, ¡tú tienes una piel es-plén-di-da! ¿Es el embarazo, verdad?

No consigo quitarle los ojos de encima. Se desprende de la camisa plateada y se queda ahí con su body negro escotado. Se pasa las manos por el pelo, se agarra el flequillo y entonces, con un gesto fugacísimo, se lo quita todo.

¡Peluca!, dice.

Bajo la peluca lleva un gorro de goma, y ahora, entre el body y el gorro parece una nadadora olímpica. Dice: Bueno, y ahora muy atenta, eh..., me doy cuenta de que su voz va bajando de tono, que poco a poco se transforma y se vuelve más grave aún hasta convertirse en una voz masculina, de barítono. Jesús, esta voz la he oído antes.

–Et voilà Nick Durrell!, exclama.

Hostia, digo yo casi bajo shock. A lo mejor es otra alucinación.

Ella, digo él, sonríe ampliamente, se quita el gorro y lo que queda es simplemente Nick, con su pelo rubio y corto un poco de punta. Cuando termina de quitarse el fondo de maquillaje, Kristy ya ha desaparecido como por arte de magia. Yo me pongo un poco triste por haberla perdido tan de repente. Me gustaba esa chica. Para compensarlo el que se queda es Nick, un tío guapo de unos cuarenta y cinco años. Dice: Encantado, yo soy Nick, y perdona por el retraso.

Yo sigo mirándolo, totalmente agilipollada, con ese estallido en la cabeza. Digo: ¿Lo haces cada día? Quiero decir, ¿te vistes siempre de mujer o...?

Aparta sus desmaquilladores. Se le ve tranquilo, como quien ha decidido no permitir que nadie le amargue la existencia. Dice: Todos los días después del trabajo. De ocho a cinco soy Nick, chaqueta de sport y pantalones de tweed, empleado en una tienda de ordenadores.

¿En serio?, digo.

Pues claro, responde. En cambio por la noche me relajo y sale Kristy.

Ostras, digo yo. Luego carraspeo y añado: Mmm... me ha dicho tu vecina que eres cantante, es decir... que Kristy es cantante, ¿no?

Sí, bueno, pero es para divertirme, no soy en absoluto una profesional. Mientras habla lo observo buscando en sus rasgos algo que me recuerde a Fruit. Tengo las ideas muy confusas y no me encuentro bien, pero poco a poco algo empieza a abrir una brecha dentro de mí. Es una sensación oscura y pesada, que me pone muy triste de repente y no sé qué será. Le echo otra ojeada y, mientras lo veo moverse tan tranquilo por la estancia, comprendo. Digo: Siento habértelo dicho así.

¿Eh?, dice él.

Quiero decir, haberte contado lo de Fruit.

Ah, no te preocupes.

¿Quieres decir que ya lo sabías?

Bueno, sí, lo he leído en los periódicos.

Entonces lo sabías, digo yo.

He dicho que sí, claro, dice, y me mira como si tuviese delante a alguien que acaba de sufrir un shock.

Oye, sé muy bien que no es asunto mío, pero ni siquiera fuiste al funeral.

¿Y por qué tenía que ir?, pregunta él con toda la tranquilidad del mundo.

El principal obstáculo cuando uno quiere hacer justicia por su cuenta es que todo tiene repercusiones. Pienso así porque me cuesta controlar lo que me está pasando. Como cuando estaba con Frank Touré, de nuevo sueño con empuñar una pistola y descargarla sobre este imbécil de tío egoísta. Volarle la cabeza y todo lo demás.

Digo: Los hombres como tú me dan asco de verdad.

Gracias, replica, y me vuelve la espalda. Ahora ya te puedes ir, dice.

No sé por qué pero ahora me siento como una mierda por haberle hablado así. No tenía que haber venido hasta aquí sólo para decirle eso, no tenía que haberme tragado todas esas smart drinks para llegar aquí e insultar a este hombre, no tendría que ser así.

27

Le digo: Perdóname Nick, pero estoy verdaderamente muy cansada, no sé lo que me digo.

¿Qué quieres de mí?, inquiere.

Quiero saber si viste a Fruit antes de su muerte, si la conociste.

Sacude la cabeza, dice: Una vez, vino ella a buscarme. Me mira un poco sorprendido, luego pregunta: ¿Tú eras la amiguita de Fruit?

Yo ya no puedo más, mis buenos propósitos se van otra vez al garete, es más fuerte que yo, me levanto y digo: Joder, ¿es que no te importa una mierda que esa chica haya muerto? Pero ¿qué clase de hombre eres?

Dice: Oye ¿por qué te enfadas tanto?

Digo: Me cago en Dios, algo tuviste que sentir al saber que Fruit estaba muerta.

Sí, pero no todos tienen necesariamente que sentir las cosas como tú has decidido.

¿Qué quieres decir?

Que yo siento algo, ¿vale?

¿Y QUÉ ES LO QUE SIENTES?, sigo vociferando yo.

Curiosidad, responde.

¡CURIOSIDAD! Sigo gritando, y ya sé que me he presentado en casa de un desconocido y que es de noche y que tarde o temprano se va a hartar, pero tengo intención de seguir chillando hasta que llame a una ambulancia y me ingrese en un sanatorio.

Dice: Bueno, ¿por qué no intentas calmarte? ¿Quieres contarme algo sobre Fruit?

Digo: ¿Qué cojones quieres decir con que sientes curiosidad?

Quiero decir que cómo se puede pensar en acabar con todo cuando se está tan bien colocada.

Tengo ganas de llorar, pero es lo último que quiero hacer en este mundo. Intento contenerme, no quiero llorar delante de este desalmado. Él me mira otra vez en silencio, luego se me acerca, me acaricia un poco la cabeza y me da un kleenex. No debería haberlo hecho, porque yo abro el grifo, ya no consigo frenarme y me siento completamente fuera de lugar, porque no sé vivir ni sé mantener relaciones normales con las personas y, en definitiva, me siento como un montón de mierda inútil e insensato. Yo sigo con el mismo rollo y él no se enfada, mantiene su aire tranquilo y me pasa más kleenex.

Digo: Pero ¿qué es lo que eres, un discípulo de Sai Baba, un testigo de Jehová o qué?

Dice: Darling, ¿puedo preguntarte por qué lloras así?

Digo: Bueno, no me ha gustado lo que has dicho, no me ha gustado pensar que Fruit te estaba buscando, que quería verte y a ti te importa más o menos un bledo; era tu hija y no sé...

Dice: ¿De dónde has sacado que era mi hija?

Digo: Oh, vete a la mierda...

Dice: Vale, de acuerdo, a lo mejor no nos hemos entendido.

¿Qué es lo que hay que entender?

Fruit no era mi hija y yo no soy su padre.

Nick coge papel de fumar, tabaco y una piedra de hachís, me llena el vaso de agua mineral y yo lo miro sollozando como una niña de cinco años. Se tumba en la cama y dice: Tiene gracia, hacía más de veinte años que no hablaba del tema con nadie y ahora, en poco tiempo, es la segunda vez que me pongo a contar esta historia.

¿Quieres decir que se las has contado a alguien más?

A Fruit, cuando vino aquí.

Continúa, digo.

Dice: Estuve con Irene algún tiempo. Por aquel entonces todavía no existía Kristy, me refiero a que todavía no había salido, no tenía el valor de hacerla salir. Creía que era sólo un Nick cualquiera...

¿Cuándo... cuánto tiempo hace que ocurrió?, pregunto.

Eran otros tiempos, responde, estaban Woodstock, Mao Tse-Tung, estaban los hippies y el amor libre...

El amor libre, ¿eh?, repito yo.

Estábamos todos juntos, ¿me sigues?

Yo asiento con la cabeza.

Nos sentíamos libres, no era como ahora. Yo tenía algo de dinero que me había dejado mi padre, así que me fui a vivir al campo, al sur de Francia.

¿Quién estaba contigo?, le pregunto sonándome la nariz.

Mis amigos franceses, y unos alemanes y luego más gente, un ir y venir de gente, vivíamos todos juntos.

¿También estaba Irene?

Ella iba por ahí con su hermana, arrastraba a aquella niña estrambótica. Irene nunca me dijo por qué iba con ella a rastras y nadie se lo preguntó nunca. No parecía importante, las cosas funcionaban así.

Digo: Espera, espera, la niña...

Janine, aclara él.

Era Janine, digo yo. Continúa.

Janine era un poco gordita, muy tímida, pero se llevaba bien con todos.

¿E Irene?

Irene era de una belleza alucinante, todos estábamos un poco enamorados de ella.

¿Tú también?

Claro, yo también. Estuvimos juntos un tiempo. Ella tenía el prurito del matrimonio, así que nos casamos. Yo no estaba muy convencido, pero en el fondo fue para bien porque pronto comprendí lo que no me iba. Rompimos justo al cabo de tres meses.

¿Y Fruit?

Fruit nació después, algunos años después.

Ey, pásame eso un segundo, una calada solamente..., él me lo pasa y yo fumo. Digo: ¿Y se lo dijiste a Fruit?

¿El qué?

Que tú no eres su verdadero padre.

Claro que se lo dije.

¿Y te creyó?

Yo diría que sí, porque se lo conté todo.

Pero si Fruit no es hija tuya, ¿entonces de quién es hija?

Bueno, podría ser hija de bastante gente.

Venga, no seas capullo, digo yo completamente desinhibida ya con el tío. Me parece que lo conozco de toda la vida a este ex colgado.

Dios, dice él. Ya te he contado cómo vivíamos entonces, mis palabras no encierran un juicio moral.

¡Juicio moral!, digo yo. Dios, hablas como un auténtico pirado.

Tuvo historias con otros, luego se marchó, tenía la obsesión de ir a París, quería hacer cine, trabajar de modelo, de tanto oír lo guapa que era acabó pensando en hacer algo así.

¿Y luego?

Yo supe que en París se metió una temporada en las pelis porno, hizo alguna que otra peli de serie B...

A mí se me atraganta el humo, toso. Digo: No me lo creo, no me lo creo aunque lo vea.

Nick dice: Mmmm, y prosigue su relato. Luego dio el golpe. Cazó a ese tío.

De Rivelange, digo yo.

De Rivelange, repite. Y se reformó, se convirtió en una señora...

Ah, mierda, digo.

Pues eso, dice él.

Pásamelo otra vez un segundo, anda...

Y ésa es la historia, dice.

¡Madame de Rivelange en el porno! repito.

Bueno, tenía una hermana pequeña, también tenía que pensar en ella... en ese momento, incluso, cuando se marchó a París, ya había nacido Fruit, sí, cuando se fue ya estaba embarazada. Me lo dijo.

Digo: Nick, me estás contando un montón de trolas... madame de Rivelange en plan guarro... no cuela.

¿Por qué no?, dice abriendo mucho sus ojazos azules.

Yo me parto de risa y no consigo parar.

Nick también se divierte. Dice: Qué gracia que puedas llorar, reír, y todo a la vez...

Claro que sí, digo, y luego noto un pinchazo repentino en la barriga. ¡Ah!, grito.

¿Qué ocurre?, dice Nick levantándose.

¡Ay!, digo yo.

No me digas que vas a parir aquí, ahora.

Tengo unas contracciones bestiales.

Échate un poco, dice Nick.

28

La noche está ya a punto de terminar y no tengo ni pizca de sueño. Estoy tumbada en la cama junto a Nick. Digo: ¿Y cómo puedes estar tan seguro de que no eres el padre de Fruit?

Eres de las que no se cortan y hurgan sin piedad en la misma herida, ¿eh?

¿Y qué?, pregunto yo como una taladradora.

Hacía por lo menos dos años que no tenía relaciones con mujeres cuando Irene me dijo que estaba embarazada.

¿Dónde estabas cuando Fruit murió?

Dios, podrías ganarte la vida de policía, ¿no te lo ha dicho nadie?

Venga, prosigo. ¿Por dónde ibas?

Que por dónde iba: no me he movido de Londres, de día estaba en Warwick y de noche donde Fred, el local donde canto.

¿Warwick es el lugar donde trabajas?

Sí, dice él con más paciencia que san Francisco. He ido a trabajar todos los días.

Digo: Me ha dado otra contracción.

Oh my God, dice él.

Podría perfectamente nacer sietemesina.

Oh my God, repite.

No, no, sólo estoy cansada, o eso creo.

Ojalá, dice él.

Oye, pero no había alguien... alguien en particular, no sé, alguien con quien Irene tuviera una relación más larga o...

Nick levanta los hombros, frunce los labios hacia afuera y apaga el cigarrillo. Dice: Me gustaría dormir algunas horas al menos, si no te molesta.

Yo digo: Vale, ya me voy.

Si quieres quedarte a dormir, no problem, dice Nick.

No, no, gracias, muchas gracias Nick, digo yo levantándome.

Te llamo un taxi, dice mientras recoloca los cojines de la cama.

Vale, digo yo y lo observo un rato, estoy desarrollando una especie de admiración por el personaje. Lo admiro porque es alguien con el coraje de vivir sus sueños hasta el final. Quería el pelo largo y tacones de aguja, quería ser cantante y, hostia puta, lo ha sido.

Mientras se inclina hacia el teléfono se levanta de repente y dice: Shit!

Yo: ¿Qué?

Él: ¡Lo había olvidado!

Yo: ¿El qué?

Él: ¡El Sapo!

¿El sapo?, ¿hay un sapo por aquí?

Que nooo... el Sapo era un tío que estaba con nosotros, un francés, vino a la comuna y durante un tiempo fue la pareja fija de Irene.

¿Tanto asco daba el tal Sapo?, pregunto.

No, no, qué va, era un tío guapo, le habían puesto ese mote pero no recuerdo por qué lo llamaban así. No, no era feo, incluso había tenido rollos con todas las chicas que rondaban por allí... Estuvo dentro, sí, pero no recuerdo cómo fue.

¿No recuerdas nada más?

No, darling, estoy al borde del colapso.

¿Ni siquiera recuerdas del nombre del tal Sapo?

No.

Vale. Una cosa más.

Oh my God, dice otra vez el pobrecillo.

Digo: ¿Me lo describes?

Jesús, ¡si han pasado más de veinte años! Aunque te lo describa y te lo encuentres por la calle no lo reconocerías.

Da igual, intentaré envejecerlo mentalmente, digo.

Bueno, tenía un buen porte, alto...

¿Qué más?

Además...

Era rubio, moreno...

Sí, cabello oscuro.

¿Ojos?

Los ojos también oscuros, creo, sí. Pero había algo en él que no me gustaba. ¿Sabes?, no era como los demás, no tenía la pinta de un compañero, parecía casi un facha. Eso es, ahora recuerdo que hubo follones y que un buen día los compañeros alemanes lo echaron, ahora que lo pienso. Debieron de enterarse de algo turbio.

¿No te acuerdas de qué?

No, yo me quedaba al margen de esas historias, sabes, soy de carácter bastante pacífico, no me entrometo demasiado en la vida de los demás.

Vale, Nick, has sido muy amable.

*

Cuando salgo a la calle el cielo ya alborea, mi black cab llega y yo me sumerjo dentro. Me sigue doliendo la barriga y desearía dormir durante doce años. Me hago la promesa de que si se me pasa el dolor no beberé tanto nunca más, y menos aún cosas sin alcohol.

29

Regreso a París. Metida en el tren de cercanías empiezo ya a sentir calor, la humedad es para volverse loca y la lluvia no llega.

Antes de subir a casa me compro un par de cruasans, una baguette y algo de queso. Entro en el portal y sin saber cómo siento una especie de buen rollo, estoy contenta de estar otra vez en casa, me siento esperanzada. Cuando llego ante mi puerta dejo caer el bolsón de viaje y el paquete de la compra, busco la llave en mi mochila, la encuentro y después de meterla en la cerradura me doy cuenta de que he hecho algo perfectamente inútil. Porque resulta que la puerta está entornada.

El corazón me va a mil por hora y empiezo a sentir sudores fríos. Abro la puerta de par en par y me quedo parada en el umbral. Miro a mi alrededor y es para desesperarse, es como si hubiera pasado un tornado por la casa.

Una hora después estoy sentada en la silla de la cocina, me siento totalmente impotente y me lloraría de rabia, pero no lo hago porque la casa está llena de policías. He llamado a Krasicki y me ha enviado toda una patrulla como si se tratara de una masacre. Aprecio su interés, pero no me apetece responder a las preguntas de estos tipos. Como si pudieran servir para arreglar mi casa. Me han robado el ordenador portátil y todos los disquetes, me han roto las lámparas, han rajado el colchón de mi cama, han abierto y volcado todos los cajones, han revuelto incluso el frigorífico. Pero me han dejado la tele y el aparato de música.

Los maderos están esparciendo polvillo para las huellas por todas partes y un tío hace fotos. Digo: ¿De qué sirve hacer fotos?

Él simula no haberme oído.

Digo: ¿No han sido ladrones, verdad? No tiene sentido llevarse los disquetes del ordenador y dejar el aparato de música, ¿no?

El madero mira al tío de los polvillos y nadie me hace puto caso. Luego llega Krasicki.

¿Ya has vuelto de Londres?

Menuda mierda.

Me mira con seriedad.

Tengo que darte una mala noticia.

No, espera, espera un segundo porque no tengo ganas de oírla.

El chico que limpiaba la escalera, aquí en tu edificio, ¿lo conocías?

¿Quién?, digo yo.

Él rebusca en los bolsillos de su chaqueta como el teniente Colombo y saca un cuaderno muy manoseado, lee un nombre: Hafed Charef.

Yo digo: ¡Hafed!

¿Lo conocías bien?

¿Qué me quieres decir? ¿Qué le ha pasado a Hafed?

Dice: Nos llamaron los vecinos, detectaron el hedor que salía de su apartamento.

No lo quiero saber, no quiero saber nada más, digo.

Dice: Llevaba al menos quince días muerto.

Me acuden a la mente los ojos de Hafed, las cosas que me contaba después de leer los libros que le prestaba. Tenía su propia visión de las cosas.

¿Cómo murió?

Le dispararon. Dos balas en la cabeza, con silenciador, dice él.

Jesús.

Hafed me caía simpático, tenía una historia a sus espaldas, no sé cuántos hermanos, y se había echado una novia en Argelia que no quería venirse con él a París para no dejar a su madre y a sus hermanas. Vivía solo, era musulmán y cumplía con el Ramadán y todo lo demás que hacen los musulmanes. Un tío majísimo.

Cuando se van todos me tumbo en el sofá y me quedo mirando el vacío sin saber qué hacer. Cojo el teléfono y marco el número de Pauline. Me responde el contestador y no me apetece dejar un mensaje. Me gustaría volver a ver a Irene de Rivelange, me gustaría conocer la historia de ese Sapo, me gustaría saber un montón de cosas. Marco el número de Irene, y me topo con otro contestador. Entonces me quedo dormida como un tronco.

30

Cuando me despierto ya es de noche y el teléfono suena como un condenado. Es Janine intentando decirme algo. Las lágrimas y los sollozos ahogan sus palabras, sólo logro entender algunas: escaleras, portal, me han agredido. No sé por qué pero pienso en Hafed. Me levanto, enciendo la luz y le pido su dirección. Voy a su casa.

Acude a abrirme la puerta y después vuelve a tumbarse en la cama. En la habitación huele a cerrado, la televisión está encendida con el volumen bajo y Janine lleva un pañuelo alrededor del cuello que esconde unas manchas azules. Tiene un hematoma en la sien izquierda y los ojos hinchados y rojos como el primer día que la vi. Se cubre los ojos con un kleenex, y solloza, dice: ¿Dónde estaba? ¡La he llamado tantas veces!

Yo no le respondo. Dice ella: ¿Es que no estaba?, recalca.

Digo: Me fui a Londres.

¿A Londres?, repite y me mira. Tiene miedo.

Digo: ¿Qué le ha sucedido?

Me agredieron mientras volvía a casa, en el portal. Alguien me cogió por los hombros, me dio un golpe en la cabeza y después me espachurró la garganta.

Y vuelve a llorar. Pregunto: ¿Cuándo ha pasado?

Llegaron los vecinos y él escapó.

¿Ha llamado a la policía?

Ella dice que no con la cabeza.

¿Por qué no?

Tengo miedo.

¿A quién se lo ha contado?

Sólo he querido contárselo a usted.

Tiene que ir a un médico. Y tiene que contárselo a alguien.

¡NO!, dice, y lo dice con mucha fuerza. Se queda en la cama, pálida y desgarbada como siempre, con su pasividad característica, y tengo la sensación meridiana de que esta mujer se me está pegando a las faldas. A lo mejor porque está sola y desesperada, y porque tenemos algo en común. ¡Pero mierda! Yo no soy como ella. Por alguna razón ha decidido que le vengo bien como paño de lágrimas. Y yo por ahí no paso, no quiero ser el paño de lágrimas de nadie.

Me dice: Quiero contarle algo.

Digo: Oiga Janine, ¿qué es lo que quiere de mí? Me ha contado un montón de mentiras, ¿por qué voy a escucharla ahora? Lo único que me ha dicho son gilipolleces.

Yo... yo siento que puedo fiarme de usted –dice.

Nosotras no somos amigas, digo yo. ¿Qué quiere de mí? Han dejado mi casa patas arriba.

Oooh..., dice ella.

Yo no soy una asistente social. No quiero saber nada más. Llame a la policía, vaya a un médico, yo ya estoy cansada, me vuelvo a casa.

Janine hace una mueca que tal vez querría ser una sonrisa. Parece como si acabara de recibir un derechazo en plena cara. Luego abre la boca y le sale un grito, algo que nunca antes había oído. Es una especie de chillido o de grito animal. Pura desesperación, que ha llevado dentro toda una vida.

Me gustaría marcharme de aquí, pero me quedo clavada, la dejo aullar, me dejo utilizar como muro de las lamentaciones. Cuando calla, empieza a llorar, y yo no me acerco a ella. Me levanto y me voy a la cocina.

Busco té, algo de beber. Pongo agua a hervir y luego miro por la ventana. Cuando regreso sigue sollozando, le paso el té y empieza a bebérselo a sorbos pequeños soplándose la nariz como hacen los niños. Le digo que ahora es mejor que descanse.

Intente dormir y nos llamamos mañana por la mañana...

No me deje sola por favor.

Me duelen las piernas, estoy cansada.

Puede dormir allí. Era la habitación de Fruit, la cama ya está preparada.

Ni pensarlo, Janine.

31

Es la habitación de una adolescente, hay fotos. Está la de Fruit cuando era niña cogida de la mano de Janine. Janine lleva el pelo más largo y vaporoso, las dos sonríen, miran al fotógrafo y guiñan los ojos por el sol. Hay un póster con la portada del primer disco de Fruit con la chica buceando desnuda, con el cuerpo blanquísimo como una muerta y el agua casi negra. Hay libros de cuentos, una colección entera de las aventuras de Nancy Drew, la niña detective. Me parece percibir el olor de Fruit.

Me desnudo y me meto en la cama con mil pensamientos zumbándome en la cabeza, repaso mentalmente todo lo que sé, reviso las caras de las personas que he conocido desde que ella murió, repaso lo que me han contado acerca de Fruit. Veo a Irene y a Frank Touré, a Catherine Kahn y a Nick, y en ese momento tengo la impresión de que he ido dando vueltas en el vacío durante todo este tiempo, de que me he metido en una empresa algo absurda. No sé a qué hora consigo dormirme y no recuerdo lo que he soñado. Pero cuando vuelvo a abrir los ojos y veo fuera la luz del día me siento aliviada. Me visto, voy a la cocina, preparo café y tostadas con mermelada de naranja. Al poco rato viene Janine, lleva una bata de guata blanca que la hace más rechoncha y ridícula todavía.

Digo: ¿Ha dormido bien?

Ella levanta un poco un hombro, se sienta y me mira, yo le sirvo un café. Dice: Quiero contarle la verdad.

Yo termino mi café y me sirvo otro.

Janine dice: Fruit era mi hija. La tuve a los catorce años. Él era el novio de mi madre...

¿Su madre?

Mi madre, Irene de Rivelange.

¿Irene de Rivelange?, repito.

Él era el novio de mi madre, y yo no tuve valor para contárselo a nadie.

Empiezo a sentir náuseas. Digo: Oiga, espere. ¿Quiere usted decir que no es hermana de Irene?

No.

¿Quiere decir que es usted su hija?

Sí.

¿Y que es la madre de Fruit?

Así es.

Continúe.

Cuando descubrí que estaba embarazada me sentí culpable, pensaba que me echarían de la comuna, pensaba que Irene me odiaría toda la vida. Era su hombre, ¿entiende?

En ese instante me entran ganas de vomitar el café y la mermelada de naranja.

Ella sigue: El único hombre al que Irene ha amado.

Yo intento respirar y digo: No es Nick Durrell.

Ella se inclina un poco y dice: Se llama Loïc Morice.

¿Loïc Morice?

Sí.

¿Pero quién, el del Credit Français?

Sí. Se ha convertido en un hombre poderoso.

Está forrado de dinero, añado yo.

También está metido en política.

¿Entonces era él, era él el Sapo?, pregunto.

Dice: ¿Ha conocido a Nick?

Digo que sí. Después me levanto y le digo que espere, que tengo que ir al baño.

¿Se encuentra mal?

Tengo ganas de vomitar.

¿Quiere una infusión de hinojo? Va muy bien para las náuseas, ¿sabe?

Por amor de Dios, mire, ya estoy mejor. Me vuelvo a sentar y digo: Ya pasó. Siga. Hábleme de ese Morice.

Es un hombre violento, estuvo con nosotras en la comuna aquellos años, después un buen día lo echaron, él dejó a Irene, se marchó y se casó con una mujer muy rica, renegó de todo. Sólo pensaba en hacerse rico, es un hombre avaricioso. Además, también antes, cuando era joven, era distinto de los otros, de los otros chicos que estaban con nosotras, quiero decir.

Los hippies, digo yo.

Sí, dice ella.

¿E Irene?

No le dije que había sido él, le dije que fue un chico que estuvo de paso. Pero comprendí que ella lo sabía.

¿Y se calló? ¿No hizo nada?

No.

Joder.

Yo no se lo dije a nadie. Él me amenazó: si se lo contaba a alguien me mataría. Y yo me quedé callada, estaba aterrorizada, por mí y por mi hija.

¿Y después?

Después vine con Irene a París. Fue una época dura, ¿sabe?, trabajó como actriz durante un tiempo, en películas malas.

Sí, digo yo.

Fruit nació y le contamos que era hija de Irene y de su primer marido, Nick. Que él las había abandonado, que era un hombre malo y egoísta. Mientras vivió Gilbert de Rivelange ella no quiso nunca conocerlo, luego cuando Gilbert murió se le metió en la cabeza buscarlo, e incluso contrató a un detective. Fruit era muy cabezota, ya se lo dije.

¿Y?

Después todo sucedió muy deprisa. En junio Fruit se fue a Londres, habló con Nick, y él le dijo que no era su padre, ella le creyó, y cuando regresó estaba furiosa. Fruit no soportaba que le ocultasen la verdad. Estaba fuera de sí, quería saber. Irene se negó a contárselo, de modo que empezó a someterme a un tercer grado. Al final se lo expliqué todo.

¿Todo?

Le dije que yo era su madre, le conté todo, lo de Morice, lo de Irene...

¿Y entonces ella?

Desapareció durante una semana. No sabíamos dónde estaba. Luego volvió una noche, vino aquí y me dijo que me entendía, que entendía que yo tuviera miedo, y después me dijo que en el fondo se alegraba de haber descubierto que yo era su madre, la verdad es que con Irene las cosas nunca habían ido bien, ¿sabe...?

Janine se pone a mirar por la ventana, luego me mira a mí para sopesar si me puede contar algo. Evidentemente decide que sí, y lo suelta: Pero después le entró una especie de obsesión. Quería conocer a Morice. Yo tenía miedo, pero ¿qué podía hacer? No podía detenerla, era testaruda, cuando se le metía algo en la cabeza...

¿Y se vieron?

No lo sé, me dijo que no me preocupara, que me lo contaría todo más tarde, cuando hubiese solucionado el asunto.

Digo: Espere, espere, ¿se lo dijo así, cuando hubiese solucionado el asunto?

Sí, más o menos.

A mí me dijo... cuando me llamó por teléfono, la última vez que hablé con ella, me dijo exactamente esas palabras, que aquella noche, la noche en que murió, tenía que solucionar un asunto.

Janine se toca la cara con su mano gordezuela, después se queda mirando la mesa.

Digo: ¿Puedo preguntarle algo?

Sí.

¿Quién es su padre?

Nunca lo conocí. Irene era muy joven, casi tanto como yo cuando tuve a Fruit. ¿No es increíble? A Irene su familia la echó de casa.

¿Y él? Quiero decir, su padre, ¿dónde está?

Desaparecido.

Entiendo, digo yo.

¿Ve?, lo sabía. Sabía que usted lo entendería.

Claro que sí.

Janine aplasta las migas de pan con las yemas de los dedos. Dice luego: He pensado en ello un millón de veces, ¿sabe?

¿En qué?

En estas coincidencias, y también en el hecho de que... en fin, de que mi madre me tendría que haber protegido, ¿no le parece? En cambio...

¿No pensó en abortar?

Ella se queda callada un momento, dice: Estaba aterrorizada. Después fue demasiado tarde para abortar.

¿Por qué dijisteis que era hija de Irene?

Por miedo a meternos en problemas, y para evitar preguntas. Irene temía que me apartasen de ella, que acabara en una institución.

En ese momento siento que me falta el aire, tengo la sensación de que esta mujer me tiene aquí atrapada desde anoche. Sin saber por qué, empiezo a pensar que podría tratarse de una loca de remate, que se lo ha inventado todo y que me tendrá aquí eternamente inventando historias delirantes y al final me matará, como quizás haya matado a Fruit. Quiero marcharme, andar por la calle y luego emborracharme el resto de mis días. Me gustaría beber hasta olvidar a Janine, a Irene, a Fruit, hasta olvidarme de mí misma, de todo.

Siento otra vez una patada en el estómago y esta vez no puedo contenerme. Voy al baño y vomito todo el desayuno.

Janine viene detrás de mí: Mon Dieu! ¿Puedo hacer algo? ¿Llamo a un médico?

Cálmese Janine, digo yo, escupiendo en el váter.

32

Se empeña en que me beba la asquerosa infusión de hinojo que tomaba ella cuando estaba preñada.

Me dice: Me ha ido bien contarle todo. Juguetea un poco con una lata y añade: Usted me gustó nada más verla.

Yaa..., digo yo.

Tal vez porque sabía que usted también espera un hijo y no tiene a nadie a su lado, como yo.

¿Cómo lo sabía?

Bueno, Fruit me lo contó todo, ¿sabe?

¿Todo?, pregunto.

Sí, sí, me lo contaba siempre todo, me llamó esa misma mañana en cuanto os despedisteis.

Mmm..., digo yo mientras pienso que quizá llevaba razón Frank Touré cuando decía que Fruit le contaba demasiadas cosas a Janine.

¿Dónde está ese tal Morice?

Me lo encontré de frente en el funeral y estuve a punto de desmayarme.

¿Y luego?

Luego desapareció, ya no lo he visto más.

Y al hombre que la agredió en el portal, ¿lo vio?

No.

¿Podría haber sido él?

Ella se encoge de hombros.

No lo sé, pasó todo tan deprisa...

Vale, ahora tengo que irme, tengo que salir de aquí.

Cuando regreso a casa me digo que a pesar de que está todo hecho una mierda me gusta estar otra vez aquí. Me pongo a ver una película de Hitchcock en la tele y se me ocurre la idea de seguir a Irene de Rivelange. Podría ponerme un pañuelo en la cabeza, gafas oscuras y empezar a seguirla, porque siento que esa mujer me llevará a la conclusión de este asunto. Mientras me imagino como una heroína de Hitchcock suena el teléfono. Es Krasicki que dice: Estoy cerca de tu casa, ¿puedo subir?

Ah, no, no es el momento oportuno, digo yo.

Tengo los resultados de las huellas que encontramos en tu casa, dice.

¿Te has puesto manos a la obra, eh?

Son las mismas huellas que encontramos en casa de Hafed Charef.

¿Dices que estás por aquí abajo?

Llego enseguida, dice él.

Al entrar en casa dice: Tienes que cambiar la cerradura y ponerte una más resistente; ésta es ridícula.

Vale, respondo.

Saca un sobre de papel y extrae un objeto. Es una pequeña pistola con la empuñadura de nácar, el tipo de pistola que llevan en el bolso las mujeres de las viejas películas de cine negro. Me la pasa y la cojo: es pequeña, suave, femenina. Y mortal.

Dice: Quédatela.

Yo digo: No me gusta tener armas en casa, me dan la sensación de que tarde o temprano tendré que usarlas contra alguien.

¿Y no te gusta la idea?, pregunta.

No es lo que tenía previsto para mi vida, no...

Él me mira fijamente a los ojos, luego me sonríe.

Digo: Paz y amor, hermano; paz y amor...

Quédatela, anda, dice él.

No la sé usar, no he ido nunca por ahí disparando a la gente.

No es difícil, mira; hace una rápida maniobra, tac tac, y dice: Así se quita el seguro, es fácil.

Vale, vale, digo yo, la cojo y la arrojo al cajón cerca del sofá, para abreviar.

Cuidado, que está cargada.

Ah, mierda, digo. Ahora vete de aquí, Krasicki, porque quiero estar sola, necesito reflexionar sobre algunas cosas.

Su cara se deforma en una mueca de tarado, se marcha sin despedirse.

33

Al día siguiente, a las ocho de la mañana, me sitúo frente a la casa de Irene de Rivelange. A esa hora el aire todavía es fresco, el cielo gris azulado y yo me siento en la pequeña terraza del café más próximo al portal de Irene. Me he puesto de verdad unas gafas oscuras y, además, me he encasquetado una gorra de béisbol con visera para que no me reconozcan. Compro el periódico y lo despliego ante mí, como una espía del agente 007. De vez en cuando sale alguien del portal. Ha salido un chico oriental con dos perros, luego un tipo alto y elegante, después dos chicas con raquetas de tenis. Yo pido un café y un cruasán y observo el vaivén en la verja de los jardines de Luxemburgo.

Hay chicos haciendo jogging y madres jóvenes con sus cochecitos.

A las diez todavía no ha pasado nada y pienso que ha sido inútil llegar tan pronto. Me levanto, me acerco al quiosco de al lado, me compro un par de revistas y vuelvo a mi posición. El camarero me pregunta si quiero algo más y pido una Perrier a tope de burbujitas de anhídrido carbónico. Al cabo de media hora me levanto para ir al baño, segura ya de que Irene no asomará la nariz antes del mediodía. Aparto la mesa, me quito las gafas y ocurre. No la he visto salir del portal, no sé cómo ha podido materializarse en la acerca de enfrente, pero allí está, con un elegante vestido verde claro, un bolso azul y un brazo levantado hacia un taxi. El taxi se detiene ante ella y se la traga.

Yo me catapulto fuera, hago unos aspavientos en dirección a otro taxi, lo paro, me meto dentro y digo algo que no creía que se pudiera decir en la vida real: Siga a ese taxi, por favor.

Mientras enfilamos la rue de Vaugirard, el taxi avanza envuelto en una banda sonora de música kabil a todo volumen, yo me digo que lo que estoy haciendo es ridículo, que tal vez estoy completamente loca y que lo único sensato sería ir a contar todo lo descubierto a la policía. Tengo una posibilidad entre un millón de pillar a Irene en algo turbio. Las mujeres como ella suelen salir para ir al peluquero, a la modista o a la estetisién. Nos dirigimos por el bulevar St. Michel, luego por el Quai des Grands Augustins y el Pont Neuf y yo sigo repitiéndome que las mujeres como ella van a depilarse, a hacerse la manicura, los masajes y toda la mandanga.

El taxi toma el bulevar de Sebastopol y llega a la Gare de l'Est. Pone el intermitente, frena y se para. Irene baja del coche, mira a su alrededor y luego se dirige decidida hacia un coche aparcado frente a la estación. Abre la portezuela y se monta. Yo le pido a mi taxista si se puede aproximar, quiero mirar dentro. El taxista está completamente flipado, gira de repente con un ligero derrape y mientras el coche de Irene se pone en marcha nosotros nos lo cruzamos en sentido contrario. Bajo mi visera y cuando miro al interior del coche me quedo de piedra. El hombre que conduce tiene una gran barba y enseguida lo reconozco. Es Rachid, el tío que limpiaba la escalera cuando Hafed desapareció.

Luego intento distinguir a la persona que se sienta detrás, junto a Irene. Siento un escalofrío en la nuca, porque veo a un hombre guapo con pinta elegante y pelo ondulado, y si no es Loïc Morice, entonces sólo puede ser su hermano gemelo.

El taxista se exalta y dice: ¿Ha ido bien la cosa? ¿Lo hemos conseguido?

Sí, sí, pero ahora hay que dar la vuelta y seguirles.

Es la primera vez que trabajo con un detective privado. C'est bien!

Tú verás, digo.

Y mejor todavía, es la primera vez que veo a una detectiva embarazada.

Cuando llegamos a Jaurés el coche frena e Irene se baja. Todavía está hablando con el tipo, que se queda en el coche, parece trastornada, quizás esté llorando.

Cierra de un portazo y echa a andar a lo largo del canal, luego se sienta en un banco, encoge los hombros, agacha la cabeza.

En ese momento bajo del taxi y me dirijo hacia ella. Estamos a algunos metros de distancia, y yo no sé qué hacer. Podría darse cuenta de que la he seguido. Pero llegados a este punto me importa un huevo.

Fingiendo sorpresa, digo: ¡Madame de Rivelange!

Ella da un respingo, se vuelve de golpe. La he asustado, pero hago como si nada. Digo: ¿Cómo usted por aquí?

Esto, pues..., dice ella, he salido a pasear un poco. ¿Y usted qué hace aquí?, pregunta mirando en derredor.

La mujer está cambiada. Ya no me trata como a una criada y lo que hace le debe de costar una burrada: se esfuerza por ser amable.

Me siento junto a ella y digo: He ido a la consulta de mi ginecóloga. Está por aquí cerca.

Ah, dice ella, y cuando repasa de un vistazo general mi pinta de jugador de béisbol reaparece enseguida la vieja Irene, la que considera mi persona y su envoltorio una especie de estercolero ambulante.

Saca uno de sus cigarrillos light de mierda. Pregunta si no me molesta que fume. Pega unas caladas y observa el panorama. Luego dice: Precisamente quería hablar con usted un día de éstos.

¿Ah, sí?

Se muerde un poco el labio inferior y se mancha los dientes de carmín. Dice: Sí... yo... quería saber por qué continúa ocupándose de la muerte de Fruit, y por qué sigue atormentando a Janine cuando la policía ya ha cerrado el caso.

Me dan ganas de tirarla al canal, pero no permito que lo note. En cambio, finjo ser la persona más tranquila del mundo. Digo: ¿Le ha dicho Janine que yo la he molestado?

Ella vuelve a morderse los labios. Dice: No... no es eso... es que...

Repentinamente decido cambiar de actitud.

Usted no me dijo la verdad, no me dijo quién era el verdadero padre de Fruit.

No, dice ella, no veo en qué...

No me dijo que había estado casada con Nick Durrell...

Oh, Santo Dios, eso es agua pasada, dice, y tira nerviosa su cigarrillo como una Bette Davis expresionista. Tiene el rostro tenso, está pálida y parece haber envejecido varios años de golpe y porrazo.

Digo: He conocido a Nick Durrell en Londres. Me ha contado bastantes cosas...

¿Cómo?, exclama ella con voz estridente y nasal.

Sí, me ha contado lo de la comuna, lo del tipo llamado el Sapo y todo lo demás. Usted se ve todavía con ese hombre, ¿verdad?

Ella se levanta de un salto, grita: Bon! Ça suffit maintenant!

Se vuelve dándome el culo y echa a andar a lo largo del canal. Yo la sigo y le digo: ¿Sabe?, la he visto antes, estaba en un coche con dos hombres.

Ella se detiene y se vuelve hacia mí, dice: No sé de qué me está hablando.

Lo más curioso es que el hombre que conducía limpiaba las escaleras de mi edificio hasta hace poco.

Estaba sustituyendo a Hafed. Ya sabe, el chico argelino al que han asesinado.

Ella no reacciona. Yo continúo con la cabeza gacha, al estilo de Jake La Motta cuando acometía a sus adversarios y digo: ¿Quién era el hombre que se sentaba a su lado? En cuanto vi su cara me resultó familiar. No será por casualidad Loïc Morice, ¿eh? ¿O me equivoco?

Ella cierra con fuerza los ojos y se muerde los labios. Dice: Espèce de salope! Y se aleja rápidamente ahuyentando a un grupo de palomas que anda brincando por ahí y levanta el vuelo súbitamente.

34

Por la tarde decido tomarme un descanso y me voy a la sección de bebés del BHV de la rue de Rivoli y me pierdo comprando. Compro un pelele amarillo con un bordado que dice Bebè koala et sa maman, y un pijamita rosa lleno de gallinas y pollitos. Un par de zapatillas de baloncesto de colores y otro con dibujitos de caras de ratón. Además: calcetines con leoncitos y también varias camisetas, camisetitas y braguitas llenas de cebras, jirafas, elefantes, etc. La dependienta intenta colarme unos conjuntos de Kenzo para recién nacido y me dan ganas de mandarla a tomar por culo.

Después me voy a dar una vuelta, paso delante de una tienda de discos de la rue du Renard que está especializada en música norteafricana y me paro a mirar las últimas novedades. El chico de la puerta me sonríe y dice: Mad'm, vous voulez écouter quelque chose de très très bien?

¿Por qué no?, digo yo. Me deja pasar y me pone una canción de Cheb Mami. Mientras escucho la música magrebí me asalta el recuerdo de Hafed y ya no puedo dejar de pensar en él. Luego le echo un vistazo a los demás discos y la vista se me va a uno de raï que se titula Je vis encore, de un cantante llamado Rachid Mamouni. El nombre me golpea como un directo a la mandíbula. Le digo al tío de la tienda: ¿Es un nombre muy corriente en Argelia?

Le echa una ojeada al disco y sacude una mano diciendo así así.

Digo: Merci beaucoup, y salgo a toda prisa.

De camino no consigo quitarme de la cabeza ese nombre. Cuando entro en mi portal me encuentro con la portera, nos quedamos un rato charlando, me dice que se ha enterado de lo de mi apartamento y que si quiero me echa una mano para ordenarlo todo. Me dice luego: ¡Pobre chico, pobre Hafed!

Sí, digo yo y me entran ganas de cortar por lo sano, pero me lo pienso mejor y pregunto: ¿Quién se ocupa de contratar a los que vienen a limpiar la escalera?

Ella me mira sin entender. Digo: ¿Quién escoge a las personas que vienen a limpiar aquí?

Ah, tenemos una empresa de limpieza, dice ella.

¿Una empresa?

Oui, bien sûr, dice. ¿Por qué lo pregunta?

Invento una excusa: Sí, bueno, es que me lo han preguntado en el periódico... y...

Ella entra en la portería y cuando sale lleva una tarjeta de visita en la mano.

La empresa de limpieza está en la rue des Pyrénées. Me abre la puerta una secretaria con dientes de conejo, gran nariz y gafas considerables. Da la impresión de querer esconder la nariz detrás de semejantes anteojos, pero el efecto del conjunto es devastador. Yo me presento y le suelto que acabo de llegar de Argelia y que tengo que darle un mensaje a una persona que trabaja para ellos.

Digo: Rachid Mamouni, me han dicho que trabaja para ustedes y le traigo noticias de su familia. Mientras hablo me digo que la excusa no es gran cosa, pero en ese momento mi cerebro no es capaz de hacerlo mejor.

Ella pregunta: ¿Esa persona trabaja para nosotros? ¿Está segura?

Si no, no estaría aquí, replico.

¿Ha tenido algún problema?

No, no, digo yo, sólo quiero darle saludos y noticias de su familia...

Ella dice: Ooohh, simulando un interés desproporcionado. Venga conmigo, puede hablar con monsieur Ponge.

Recorremos un pasillo estrecho, ella abre una puerta y me encuentro cara a cara con un hombrecillo redondo y calvo. Nos saludamos de forma cordial aunque algo fría.

¿Hay algún problema?, pregunta él tras las presentaciones.

Yo repito que no hay ningún problema, que sólo me gustaría saber la dirección y el teléfono de esa persona que trabaja para ellos. Monsieur Ponge habla por el interfono y tras pocos minutos la secretaria vuelve con un par de registros en la mano. El tío dice: ¿Puede repetirme el nombre?

Yo repito, él recorre la página con la mirada y agacha completamente la calva. Dice: No aparece nadie con ese nombre.

Digo yo: Pero es imposible... espere. Abro el bolso, cojo un papel cualquiera y finjo leer una dirección: la mía. Eso es, digo, me he enterado de que trabaja ahí.

Entonces el tío abre el otro registro, lo hojea un poco arriba y abajo, y luego se lo pasa a la mujer, que hace lo mismo.

En esa dirección tenemos a Hafed. Hafed Charef.

Digo yo: Hafed Charef está muerto.

La tía se pone roja como un tomate y dice: ¡Ooohh!

¿Sí?, digo yo.

Oohh, exclama ella otra vez. Je suis désolée.

¿Qué significa que está muerto?, pregunta monsieur Ponge. ¿Y quién es usted?

¿Es que no leen los periódicos?, pregunto.

Los dos se miran sin entender nada.

¿Quién es usted?, vuelve a preguntar Ponge. ¿Es de la policía?

Mire, nosotros estamos en regla, no contratamos a ilegales, dice la tía de las gafotas.

¿Quieren decir que no han mandado a nadie para sustituir a Hafed?

Los dos están aterrorizados, dicen: Oiga, si es de la policía, no tenemos nada que esconder, puede revisar los registros.

No, no, está bien, digo yo. No soy de la policía.

Lo puede revisar todo, dice ella.

Todo lo que crea necesario, dice él.

NO SOY DE LA POLICÍA, repito, y me marcho.

35

A la mañana siguiente me despierto al alba, he dormido fatal toda la noche, con pesadillas terribles: conocía a un asesino en serie que degollaba y descuartizaba mujeres. Pero de pronto llegan Marcel Cerdan, Jake La Motta y algún otro boxeador legendario y me echan una mano para acabar con él. Lo dejan hecho papilla. Aun así, me despierto empapada. Tengo ganas de hacer algo, pero no sé qué. Me preparo un par de cafés, luego me quedo tumbada en el sofá, abro el cajón de al lado y cojo la pistola que me ha dejado Krasicki. Empiezo a manosearla un buen rato. Observo su culata de nácar, intento quitar y volver a poner el seguro. Este trasto me da pánico. Después me levanto y hago un par de poses frente al espejo. Me planto en actitud de combate como los maderos de las series americanas: brazos extendidos, piernas dobladas... Con la barriga tengo una pinta ridícula. Me siento algo estúpida y pienso que voy a esperar todavía un poco y luego llamaré por teléfono a Krasicki para contarle todo lo que he descubierto. Ya basta de hacer de justiciera solitaria por la ciudad. Me miro otra vez la barriga en el espejo, y entonces veo algo. Lo veo en el espejo cuando la puerta de entrada empieza a abrirse muy despacio. Instintivamente oprimo la pistola en mi mano y quito el seguro. Mi corazón se dispara a mil por hora, me tiemblan las piernas y se me seca la boca. Pasan varios siglos hasta que la puerta se abre del todo y entra él sin cerrarla. Yo estoy ya a punto de morirme de miedo, pero sujeto con firmeza la pistola. Digo: Hola Morice.

Me mira fijamente con la boca muy cerrada y los ojos muy abiertos, como si yo fuera una aparición sobrenatural. Digo: Manos arriba.

Él intenta esbozar una sonrisa, dice: Te... te equivocas.

Me parece que no, Morice, ¿o debería llamarte Sapo? (la frase es penosa, pero es que intento parecerme lo más posible a Clint Eastwood).

Venga, arriba las manos, digo otra vez. Y él lo hace: es increíble, tú dices algo y ellos lo hacen, basta con llevar una pistola en la mano.

Doy un paso adelante y levanto un poco el arma para apuntarle directamente a la cara, como si de verdad fuera Clint Eastwood.

Estás cometiendo un gran error, dice él y, mientras tanto, veo que empieza a bajar lentamente los brazos.

Digo: Si vuelves a moverte disparo. Mira que llevo una temporada con ganas de hacerle algo muy feo a un hombre.

Dice: Ten cuidado.

Prosigo: Has entrado en mi casa y si te dejo seco no me chupo ni un día de cárcel. No hago sino agitar un poquito la pistola y vuelve a levantar los brazos. Será que hay algo de cierto en mis palabras.

Nos quedamos así un rato y yo intento pensar en el siguiente movimiento. Ni idea.

Dice: Ya basta, si tienes ganas de broma yo no estoy de humor.

Perdón, ¿cómo has dicho?, digo yo tan mala y sarcástica como puedo.

He dicho que basta. Estoy empezando a ponerme nervioso, dice él intentando fulminarme con la mirada. Tiene ojos de psicópata. Empiezo a caer en la cuenta de que estoy en una situación de mierda. Soy yo quien sostiene la pistola, pero también es verdad que éste me triplica en volumen y tiene una fuerza del copón.

¿Y ahora qué hacemos?, vuelve a preguntar.

Digo: Bueno, podrías empezar por explicarme algo para pasar el rato.

Ah, sí, ¿qué es lo que quieres oír?, dice él displicente, como si yo fuera su asistenta.

No me encuentro nada bien, pero sigo disparando preguntas. Digo: Me gustaría oír por qué mataste a Fruit y a Hafed, por qué pusiste a tu chófer en su lugar, y tal vez también por qué te destrozaste mi apartamento. Me gustaría oír por qué pegaste a Janine...

Vete a tomar por culo, dice él, y en ese momento me habría gustado ser distinta, más valiente y también más estúpida, tener el coraje de acribillarlo a tiros.

Ahora te vas a echar en el suelo y yo llamo a la policía, digo.

Vete por ahí, dice él.

Yo empiezo a preguntarme cómo llegar al teléfono y mantenerlo bien a tiro. Quizá debería ordenarle que caminara frente a mí hasta el aparato, y en tal caso la idea de que se tumbe en el suelo es una gilipollez.

Se me tiene que ocurrir otra idea porque el tío intenta de nuevo bajar las manos.

Digo: Oye, no tengo el menor reparo en utilizar esto, ¿sabes? Lo he hecho otras veces.

Me pregunto si podría funcionar. Quiero decir, si podría herirle o dejarlo seco de verdad, aunque no haya disparado un arma ni en un barracón de tiro de feria. A lo mejor sí, porque estoy a un metro de él, e incluso un tarado podría cargarse a alguien a esa distancia.

36

Loïc Morice sigue mirándome como si quisiera cortarme en rodajas y dice: Pero qué vas a hacer en tu estado, déjalo ya.

Le miro en silencio, para demostrarle que sus gilipolleces no me afectan.

¿Cómo es que no estás en tu camita a esta hora? ¿Es porque estás solita? ¿A que no te gusta estar sola en tu camita, eh?

La cosa se está poniendo siniestra, pero yo continúo apuntándole sin mover un músculo, contengo la respiración y no me rindo.

¿Dónde está ahora el que te ha hecho ese regalito?

Mierda, eso sí que no. Digo: Ponte de rodillas, venga.

¿Y si no me apetece?, dice él.

Entonces, disparo.

Me mira con los labios cada vez más prietos y los ojos cada vez más enloquecidos. Yo sigo esperando mientras empuño la pistola con manos sudorosas.

Finalmente se agacha, se pone de rodillas y yo intento que no se note el alivio que eso me produce.

Entonces decido desplazarme un poco a un lado, digo: La policía tiene tus huellas. Han encontrado tus huellas en casa de Hafed y de Fruit. Estás jodido.

Gilipolleces, dice él, pero ya le está empezando a cambiar el tono de voz. Si quisiera podría saltarme encima.

Digo: Voy a intentar explicarte cómo fue: Fruit descubrió la verdad, descubrió quién era su padre, el respetable monsieur Morice, padre de familia y empresario con una carrera política por delante y, tiempo atrás, un joven rebelde aficionado a violar niñas. Lo descubrió todo y quiso desenmascararte, quiso joderte vivo, de modo que la mataste. Hafed debió de ver o escuchar algo y también lo facturaste. Después pensaste que Janine había hablado, que podía habérmelo contado todo. ¿Acierto? ¿Continúo?

Él no dice nada, sigue fulminándome con una mirada despectiva y alucinada. Yo sigo: Entonces te cargaste mi apartamento y te llevaste los disquetes y el ordenador para ver si estaba escribiendo algo, ¿eh? Irene te dijo que yo la había ido a ver y tuviste miedo. ¿Acierto?

Él sigue sin hablar, y añado: Si quieres mi opinión, te diré que sólo un loco puede trazar un plan así y pretender salirse con la suya.

Él dice: Guárdate tus chorradas.

Digo: Dios, Irene y tú sois los seres más absurdos que he conocido. Francamente, no podía creer que alguien secundara los planes de una mujer tan estúpida como ésa.

¿Qué planes? ¿Seguir a quién? Qué coño estás diciendo, soy yo quien lo ha planeado todo.

Estúpido orgullo masculino, pienso para mí. Finalmente sé que he llegado a una verdad. No será la verdad con mayúsculas, pero es la que he estado buscando todo este tiempo.

Entonces suena el teléfono, y las cosas se precipitan. Yo me vuelvo y lo pierdo de vista una décima de segundo. Él se levanta de golpe y se me tira encima, arrojándome contra la pared. Pone su manaza sobre la mía e intenta arrebatarme la pistola. Iniciamos una especie de lucha casi ridícula, porque él es mucho más fuerte que yo y sé que va a matarme. Todo lo que consigo es agarrarme con todas mis fuerzas a la pistola. Tengo miedo de que me parta la mano pero es una cuestión de vida o muerte y yo pongo toda mi energía en resistir.

Mientras su mano derecha se va cerrando para formar un puño que aterrizará en mi cara, yo intento anticiparme y le hinco la rodilla en las pelotas. Él se dobla y suena un disparo contra el techo. La pistola se me cae al suelo y él la coge.

En ese momento se vuelven las tornas: es él quien da las órdenes. Es él quien me apunta a la cara con la pistola y dice: Lo siento, pero no deberías haber metido las narices en esta historia.

Yo decido seguir hablando mientras pueda, me digo que si tengo que morir más vale palmarla sabiendo la verdad. Digo: ¿Por qué la mataste? ¿Por qué mataste a tu hija?

Él decide hablar: ¡La muy estúpida quería justicia! Quería que todos lo supieran, pero si hubiera sido más razonable no habría acabado así. Nos podíamos haber puesto de acuerdo.

¿De acuerdo en qué?

No tenía derecho a arruinar mi vida, ni a mi familia.

Ah, no, ¿eh? Así que le diste un empujón, ¿verdad?

Me mira con una chispa de odio. Estoy a punto de desfallecer, pero sigo hablando, como Sherezade.

Digo: ¿Y por qué mataste a Hafed? ¿Qué te hizo él?

Aquella noche, cuando llegué a casa de Fruit él estaba terminando de limpiar. La muy estúpida le dijo a Hafed: Te presento a mi padre. Así que no tuve opción.

No consigo seguirle del todo, pero reconozco ese tipo de razonamiento. Es propio de quien piensa que si algo representa una molestia debe librarse de ello, a toda costa.

Digo: ¿Cómo es que te has decidido a contármelo todo, eh?

No vas a poder explicárselo a nadie, contesta.

Siento un escalofrío en el espinazo y pienso que me ha llegado la hora. Lo que me apena es no haber tenido tiempo para apartar de esta historia a la inquilina de mi barriga. Se me nubla la vista. Tal vez por eso no veo que la puerta se abre otra vez y Janine se materializa en el rellano.

También ella tiene una pistola en la mano, un pistolón de la hostia, plateado, con empuñadura negra, no sé de qué marca será. Nunca me la habría imaginado empuñando una cosa así.

Está allí en el rellano sudando una barbaridad. Y le suelta: ¡Tú, so cabronazo!

Él se vuelve de repente, levanta la pistola y la mira, abre la boca como para decir algo. A lo mejor quería decir espera, estate quieta, o puede que sólo quisiera dispararle. La bala sale de la pistola de Janine e interrumpe bruscamente el movimiento de Morice. Le atraviesa el cuello. Él deja caer la pistola y se desploma. Se queda con los ojos abiertos y la mirada perdida, y la camisa empieza a empaparse de sangre.

Pienso que es la segunda vez que veo sangre este verano. Un verano verdaderamente asqueroso.

Miro a Janine que se ha quedado allí inmóvil, que no se ha movido ni un centímetro después de apretar el gatillo. Cuando lo ve en el suelo, con la sangre brotando del cuello pero todavía vivo, le apunta de nuevo. Yo recojo la mía y la levanto hacia ella por instinto. Le digo: Janine, tira esa pistola, vamos a llamar a la policía.

Ella dice: No.

Yo sigo apuntándola con mi arma. Digo: Vamos, Janine. Se me ocurre que este verano me he imaginado varias veces con una pistola en la mano, he imaginado que la apuntaba contra el hijoputa que me abandonó y contra otros hombres. Nunca había imaginado que tendría que apuntarla contra Janine.

En ese momento me sacude un estruendo. La puerta de entrada se derrumba como si fuese de cartón piedra, como una puerta de tebeo. Entra Krasicki con dos maderos, una mujer y un hombre. Se disponen en actitud de ataque: brazos extendidos, piernas abiertas y unas pipas increíbles en la mano. Unas posturitas que se me antojan bastante más profesionales que las mías. Krasicki golpea las manos de Janine con una llave de karate, y ella pone cara de niña castigada por robar galletas. La pistola cae al suelo trazando un arabesco.

Yo sigo agarrando la mía, pero Krasicki no parece notarlo, recoge del suelo la de Janine y la descarga.

Entonces me apoyo en la pared, miro otra vez al Sapo, que está blanco como un muerto, respira con dificultad y tiene el cuello de la camisa empapado de sangre. La casa despide un olor áspero y algo dulzón. Pienso que ya no volverá a ser la misma.

37

El resto del día lo paso fuera. Me arrastro por varios lugares para mantenerme alejada de casa. Primero estoy un par de horas con la policía, después tomo un autobús y me voy al Bois de Vincennes, me siento en un banco delante del lago, me bebo una coca y me como un emparedado. Entonces llega la lluvia. Es la primera vez que llueve desde que murió Fruit.

Bueno, ahora ese problema está resuelto. Claro que hay otras cuestiones en mi vida que siguen inciertas, pero de momento decido ignorarlas. Voy al cine, echan una película que cuenta la historia de dos muchachos chinos que llegan a Argentina, se aman, se traicionan y después se dejan. Se llama Happy Together. Luego voy a la Fnac de les Halles y me pongo a escuchar discos con los auriculares. Es la semana del jazz y escucho Love Supreme de John Coltrane, y un disco casi entero de Miles Davis, Kind of Blue.

Me siento como si de pronto no tuviera nada que hacer, como al acabar la escuela por vacaciones, cuando no sabía nunca en qué coño emplear el tiempo.

Así que echo a andar de nuevo, aunque continúe lloviendo. Me gusta sentir la lluvia en la cabeza y en la cara, la siento casi como un beso. Es un ritmo monótono y balsámico, que además me da algo que hacer: escucharla.

Cuando empieza a arreciar no me apetece resguardarme en un bar, y sigo caminando. Me gusta muchísimo la sensación que me produce la lluvia, me resulta como una metáfora de mi vida. Aunque fuera caiga de todo, dentro de mí hay algo aún vivo e intacto.

Cuando vuelvo a casa son casi las siete y me encuentro a Pauline por la escalera que me dice: ¿Pero de dónde vienes tú?

Yo digo algo como: ¿Eh?

Pero mira cómo te has puesto, dice ella levantando las manos. Añade: Anda, ven, llevo todo el día buscándote.

Me arrastra hasta su casa y me lleva al baño. Dice: Mierda, estás empapada. ¿Dónde has estado?

No sé qué contestar.

Ella: Bon, laisse tomber. Me echa una toalla verde por la cabeza y luego me pasa una camiseta amarilla con la cara de Minnie estampada. Dice: Ésta la robé cuando trabajaba para esos hijos de puta de Eurodisney.

Digo: Gracias.

Ella: Venga, dúchate y cámbiate, luego sacude la cabeza un par de veces como se hace con los niños imbéciles. Mon Dieu!, dice otra vez y me deja sola en el baño.

Yo me quito las bermudas de peto y la camiseta negra y echo un vistazo al espejo. Fuera atacan truenos y relámpagos. Me doy una ducha caliente y luego me pongo la camiseta de Pauline. La cara de Minnie resulta tranquilizadora, pero no es mi estilo. Voy a la cocina.

Te he preparado un café de malta, ¿a que está bueno?

Me quedo a dormir en su casa porque no me gusta la idea de quedarme en la mía. Han sucedido tantas cosas en tan poco tiempo...

A la mañana siguiente sale el sol y salimos para ir al mercado a hacer la compra. Pienso que Pauline y yo nos hemos visto pocas veces fuera de casa. Hoy lleva unos pantalones verdes que le marcan el culo y una camisa de rombos pequeños verdes y naranjas, también lleva un bolso marrón en bandolera y un collar de perlitas verdes como los pantalones. Dice: La semana pasada cumplí treinta y tres años, ¿sabes? La otra mañana me desperté y me dije: alé, vale ya de beber y de colocarme con los porros. Vale ya de correr detrás de esos imbéciles que pasan de mí. Así que he empezado a ir a las reuniones de Alcohólicos Anónimos.

Pauline empieza a sonreír como si fuese dueña del mundo, como alguien que ha comprendido la fórmula para salir de la mierda. Seguimos caminando bajo el sol, llegamos al mercado de rue d'Aligre y ella me dice: Oye, ¿y si comemos fuera? Hoy hace tan buen día.

Comemos bacalao y sardinas a la plancha en Boca Chica, en la rue de Charonne, bebemos agua mineral y dos cócteles de fruta con mango, pera y papaya. El lugar está en penumbra y se está bien. Me doy cuenta de que hoy Pauline emana unas vibraciones distintas, y ya no tiene esa pinta de vaca que siempre le veía. Ahora me gusta estar con ella, parece que se ha lavado por dentro. Hacia las cinco, dice: Yo me voy a la reunión, ¿quieres venir? La acompaño porque no quiero estar sola.

La sala está llena de gente. Habrá unas veinte personas, Casi todos hombres y chicos jóvenes. Hay algunos tipos sofisticados con pinta algo intelectual, y otros que parecen estar pasándolo bastante mal. Hay un par que parecen actores, o modelos, muy guapos. Hay una mujer un poco colgada y otra con un traje de lino azul y una pequeña bolsa de viaje apoyada sobre las rodillas. Pauline se sienta delante, yo me quedo atrás escuchando. Hay un hombre hablando. Cuando termina varias personas levantan la mano. Uno dice: Me llamo Didier, y soy alcohólico. Es un tío guapo, pelirrojo y con los ojos brillantes.

Todos responden: Hola Didier.

Y él: Hola.

Didier cuenta que la noche anterior tuvo una discusión con su chica y estuvo a punto de mandarlo todo a paseo. Como su novia bebe, para él habría sido fácil mandarlo todo a paseo, pero resistió, y ahora está aquí. En cuanto termina de hablar se levantan las manos de nuevo, y habla otro tipo: Yo me llamo Philippe y soy alcohólico.

Philippe tiene la cara hinchada, los ojos hundidos, una camisa con cercos de sudor bajo los sobacos y botones a punto de estallar.

Hola Philippe, dicen todos.

Hola, responde.

Cuenta que se peleó con su madre que había ido a visitarlo a su casa y empezó a criticarle porque era mediodía y él estaba todavía en casa en pijama. Philippe no encuentra trabajo desde hace un año y eso no facilita las cosas.

Y continúan así. Escucho las historias de Vincent, Remy, Mireille, Cécile. Todas las historias son de soledad, de tensión, de miedo y de malos recuerdos. Sea cual sea la historia, están todos allí para contarla en público, cada uno expresa las razones por las que habría podido volver a beber y los motivos por los que conseguía aguantar. Y eso parece darles fuerza a todos. Todos hablan cuanto quieren y si alguien se repite o desvaría un poco nadie le dice nada. De vez en cuando puede parecer aburrido, pero nadie tiene pinta de aburrirse y todos prestan atención y escuchan. Todos están un poco obsesionados por su historia personal, pero eso no molesta a nadie. Pauline se vuelve y me hace un gesto con la mano, yo le sonrío y también hago un gesto.

Cuando salimos el cielo tiene ese color azul claro que aparece aquí a la hora del atardecer, hacia el final del verano. Caminamos un poco y enseguida llegamos a la Bastilla. Pauline dice: ¿Nos tomamos un zumo de frutas en el Boomerang?

Bebemos y comemos palomitas. Ella me dice: Lo que importa es entendernos un poco, ¿no? Es decir, empezar a pensar que vales algo, ¿no te parece?

Yo asiento con la cabeza y ella sigue: En el sentido de que así puedes darle un valor a tu vida, y dejar de considerarte menos que una mierda, ¿no?

Le doy una palmada en el muslo embutido en sus pantalones verdes y se echa a reír como antes, al estilo de a partir de ya les damos por culo a esos mamones.

Dice: ¿Ya no vas a boxear?

Yo digo: Por ahora no, pero en cuanto haya desenfundado a la pequeña vuelvo.

Ella ríe otra vez.

También hoy ha sido un día así, uno de ésos que te lo pasas en la calle y de tanto estar sentada en la terraza de un bar la tarde anochece. Cuando el azul de la tarde se convierte en azul noche. Y debo decir que percibir el azul noche requiere de un especial esfuerzo de atención. Porque si no, sólo se ve la oscuridad.